나는 될 놈이다

나는 될 놈이다 1

글쓰는기계 게임 판타지 장편소설

초판 1쇄 찍은 날 | 2019년 4월 4일
초판 1쇄 펴낸 날 | 2019년 4월 11일

지은이 | 글쓰는기계
펴낸이 | 예경원

기획 | 위시북스
편집책임 | 이규재
편집 | 위시북스

펴낸곳 | 예원북스
등록번호 | 제396-2012-000132호
등록일자 | 2012. 7. 25
KFN | 제1-390호

주소 | 경기도 고양시 일산동구 호수로 646-24 위너스21II빌딩 206A호 (우)10401
전화 | 031-819-9431 팩스 | 031-817-9432
E-mail | yewonbooks@naver.com

ISBN 979-11-6424-238-2 04810
979-11-6424-237-5 (set)

※ 이 도서의 국립중앙도서관 출판시도서목록(CIP)은 서지정보유통지원시스템 홈페이지(http://seoji.go.kr)와 국가자료공동목록시스템(http://www.nl.go.kr/kolisnet)에서 이용하실 수 있습니다.

Wish Books
나는 될 놈이다
1 글쓰는기계 게임 판타지 장편소설
WISHBOOKS GAME FANTASY STORY

CONTENTS

나는 될 놈이다

CHAPTER 1

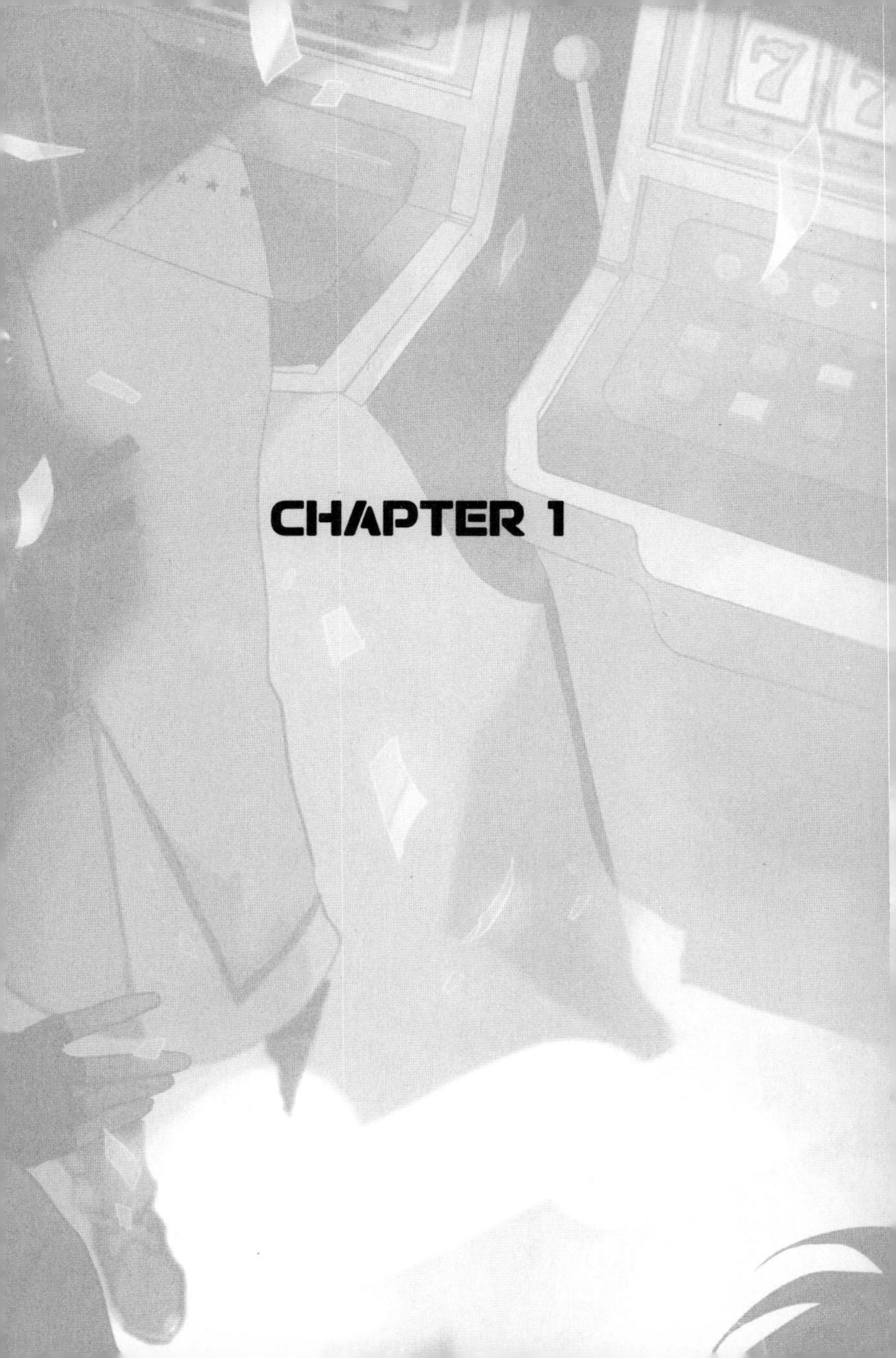

판타지 온라인의 투기장.

PVP를 위해 만들어진 곳이었다.

많은 플레이어가 게임을 플레이하다가 불만이 생기면 '네가 그렇게 싸움을 잘해? 투기장으로 따라 나와 이 자식아!'를 외치는 그곳.

그러나 한 번도 이렇게 많은 인원이 모인 적은 없었다.

"시작하는 건가?"

"누가 이길 것 같냐?"

"몰라. 아무리 그래도 이세연이 이기지 않겠냐? 솔직히 대장장이랑 네크로맨서가 여기까지 싸우러온 것도 웃기는 일인데. 이세연이 지면 진짜 개망신이지."

사람이 많이 모이는 데는 다 그만한 이유가 있었다. 투기장에서 싸우는 플레이어가 그만큼 대단한 플레이어였던 것이다.

한 명은 이세연.

네크로맨서 길드의 수장으로 1년 반 넘게 길드를 1위 자리에 있게 한 능력자였다.

하지만 이세연이라는 사람의 능력은 단순히 그것뿐만이 아니었다. 길드를 이끄는 능력만이 아닌, 개인의 전투력도 뛰어났던 것이다.

그녀는 개인으로도 1위 자리를 지키고 있는 랭커였다.

대규모 사냥에는 뛰어나지만 일대일 싸움에는 취약하다는 네크로맨서의 약점을 극복하고, 그녀는 수많은 PVP에서 랭커들을 꺾었다.

거기에 빼어난 외모까지 갖고 있으니 인기가 있는 건 당연했다.

"누나! 사랑해요!"

"언니! 여기 좀 봐주세요!"

실제로 여기 모인 사람 중 1/3은 그녀의 팬이었다.

그러나 이세연은 아랑곳하지 않고 앞을 쳐다보았다. 상대가 나오고 있었던 것이다.

"김태현이다!"

"김태현! 난 널 믿는다! 난 너한테 걸었다고! 네가 지면 난

망해!”

특별한 게 아무것도 없어 보이는 남자였지만, 이쪽도 인기는 만만치 않았다.

김태현. 직업은 대장장이.

물론 단순히 대장장이라면 이렇게 유명해지지 않았을 것이다.

판타지 온라인에서 대장장이는 좋은 물건을 만들고 돈을 벌 수는 있었지만 한계가 명확한 비전투 직업이었으니까.

어디까지나 부캐로 키우거나, 본격적인 레이드나 전투에 관심이 없는 사람도 즐길 수 있게 만든 직업이었던 것이다.

그러나 김태현은 그 인식을 깨뜨렸다.

“나랑 일대일을 뜨자고? 너 미쳤냐?”

“왜, 겁나냐?”

“아니, 어디서 이런 미친놈이 나타나서…….”

남자는 어이가 없다는 듯이 웃었다. 그도 그럴 것이, 그의 직업은 도적이었다. 그것도 일대일 싸움 특화형으로 전문화된 직업.

게다가 그가 레벨이 낮은 사람도 아니었다. 판타지 온라인의 20위권 안팎에는 꾸준히 들어가는 사람이었던 것이다.

그런데 그를 상대로 고작 대장장이가 일대일을 신청하다니.

"겁나면 뭐 어쩔 수 없고."

"기다려!"

대장장이의 속셈이 뻔히 보였다. 같잖아서 상대를 안 해주면 어디 가서 '내가 겁나서 싸움을 피하더라' 소문을 퍼뜨릴 생각이겠지.

"좋아. 김태현? 올라와. 내가 원래 이런 거 안 해주는 사람인데 정말 고맙게 여기라고."

"정말 정말 고맙네."

김태현이 빙글거리며 그렇게 말할 때까지만 해도 도적은 그의 말뜻을 이해하지 못했다.

-시작!

도적의 은신은 대장장이의 일회용 아이템인 재를 뿌려서 막았다. 허공에 도적의 모습이 드러났다. 이에 가볍게 은신해서 뒤를 찌르려고 하던 도적은 놀랐다.

'아니, 아직 괜찮아. 급습 간다!'

도적이 가진 모든 콤보의 시작, 급습.

뒤에서 공격하는 순간 치명타가 터지고 상대에게 상태 이상을 선사해 주는, 도적의 비전이었다.

어차피 은신한 걸 알아차리더라도 대장장이는 도적의 속도를 따라갈 수 없었다.

"이, 이런 미친놈!"

그리고 도적은 경악해서 외쳤다. 아까의 미친놈과는 다른 의미의 미친놈이었다.

지금 상태 이상이 걸린 건 김태현이 아니라 그였던 것이다.

"자기 등에 함정을 설치해!?"

어쩐지 외투가 좀 불룩하다 했다. 대장장이가 등에 마비 함정을 설치하고 있었던 것이다. 그것도 모르고 등을 화려하게 찍은 도적은 제대로 걸려들었다.

퍽!

거대한 망치가 도적의 얼굴을 후려갈겼다. 원래 도적은 공격을 맞아가며 버티는 직업이 아니다. 피하면서 화려하게 상대를 농락하는 직업이었다.

피가 순식간에 절반이 빠져나갔다. 마비당해서 움직일 수 없다지만 도적은 정말로 놀랐다.

'대장장이인데!?'

공격력이 무슨 전사 뺨치는 공격력이었다.

"공격 스킬이 없다 보니 어쩔 수가 없네. 이해 좀 해줘."

"너, 이 자식!"

마비가 풀린 도적이 바로 백스텝을 써서 뒤로 물러났다. 피는 절반이 빠져나간 상황이었지만 아직 괜찮았다. 상대는 대장장이고, 그는 도적. 정신만 차린다면 앞으로 한 대도 맞지 않고 끝낼 수 있었다.

-함정 설치.

-함정 설치.

-함정 설치.

"……?"

그러나 대장장이는 달려들지 않고 바닥에 함정을 던지기 시작했다. 도적 앞에서 바닥에 위장도 하지 않고 깐 함정은 바로 보였다. 설치하는 의미가 없었다.

"뭐하는 거냐?"

"아. 못 피하게 하려고."

그리고 김태현은 망치를 들어 함정을 내리찍었다.

콰콰콰콰콰콰콰쾅!

함정은 폭발 함정이었다.

그리고 대장장이가 아무리 비전투 직업이라고 해도, 방어력은 도적보다 좋았다.

"져, 졌다……?"

지켜보던 사람들은 예상 밖의 결과에 눈을 크게 떴다.

그러나 그건 시작일 뿐이었다.

다음 상대는 성기사였다.

성기사. 다른 직업들은 '바퀴벌레'라고 부를 정도로 끈질긴 생명력과 방어력을 가진 직업이었다.

도적처럼 급습을 사용한 속임수도 통하지 않는 상대.

게다가 상대로 고른 성기사도 만만한 성기사가 아니었다. 10위권에 드는 랭커였던 것이다.

그러나 김태현은 승리했다.

"또, 또 이겼어!"

투구부터 시작해서 부츠까지, 아니, 안에 입는 속옷까지 속성을 맞췄다. 철저하게 성기사를 공략하기 위한 장비였다.

물론 그것만으로 성기사를 쓰러뜨릴 수 있었다면 성기사가 그렇게 욕을 먹지는 않았을 것이다.

사람들이 감탄한 건 김태현의 컨트롤이었다.

도적 상대로는 워낙 민첩이 밀려서 어쩔 수 없었지만 비슷한 민첩을 가진 성기사 상대로는 그 컨트롤이 빛을 발했다.

치면 피하고, 다시 와서 후려치고. 변변한 광역기가 없는 성기사는 피눈물을 흘렸다.

워낙 생명력이 좋아서 맞을 때마다 회복하고 있었지만, 이렇게 계속 맞고만 있으니 정신적으로 피곤했다.

그렇게 세 시간이 넘게 거의 샌드백 꼴이 되고 나서야 그는 항복했다. 피는 아직도 절반이 넘게 남아 있었지만.

"항복!"

✤

김태현은 그것만으로 끝나지 않았다. 그는 계속해서 상위권 랭커들을 상대로 PVP를 신청했고, 그때마다 이겼다. 직업의 차이는 그에게 별 상관이 없는 것 같았다.

어느 날 PVP가 끝나고 한 명이 그에게 물었다.

"근데 왜 대장장이로 싸우는 거야? 다른 직업이 낫지 않나?"

"재밌잖아."

그리고 김태현의 마지막 상대는 이세연이었다.

이유는 간단했다. 순위권에 있는 다른 상대가 모두 사라진 것이다.

✤

한쪽은 개인 랭커 순위 1위에, 1위 길드의 길드장.

다른 한쪽은 아무것도 없었지만 파죽지세로 랭커들을 썰고 다니는, 일명 '미친 대장장이'.

덕분에 이세연을 응원하는 측과 달리 태현을 응원하는 측은 분위기가 독특했다.

"지면 죽여 버릴 거야! 마! 너 얼굴 딱 봐놨어!"

"힘내라! 잘나가는 놈들한테 지지 마!"

그에게 거금을 건 도박꾼이나 잘나가는 랭커를 질투하는 사람들이 섞여서 태현을 응원했다.

이세연은 시작 전에 귓속말을 보냈다. 그녀도 태현에게 관심이 많았다. 그가 싸웠던 PVP 영상은 다시 다 돌려봤을 정도로.

"정말 대단하네. 솔직히 대장장이는 직업으로서 한계가 있다고 생각했거든."

"한계가 있는 거 맞아."

"그런데 왜 그 직업을 고른 거지?"

"재밌으니까."

"뭐?"

"강한 직업으로, 강하게 키워서, 압도적인 컨트롤로 상대를 이기는 건 재미가 없어. 너무 쉽거든."

다른 사람이 했다면 오만한 소리였지만, 이세연은 인정할 수밖에 없었다. 태현은 그런 말을 할 자격이 있었다.

그리고 동시에 다른 생각이 들었다.

'변태 아냐?'

태현이 알았다면 화를 냈을 생각이었다.

"게임의 진정한 재미는 약한 직업인 캐릭터가 온갖 궁리와 노력으로 강한 직업인 캐릭터를 잡아먹을 때 나오는 거 아니겠어? 왜 사람들이 약팀이 강팀을 이기는 걸 좋아할까? 그게 재밌으니까 좋아하는 거야."

"이해는 하는데. 실제로 하는 건 좀 달라. 너 좀 이상해."

"그 소리는 이기고 나서나 하시지?"

PVP가 시작됐다.

그리고 태현은 패배했다.

☘

"어, 어떻게?"

이세연은 중얼거렸다. 그녀 본인도 자신이 이겼다는 걸 믿을 수가 없었다.

태현을 얕본 건 아니었다. 다른 사람과 달리, 그녀는 태현의 실력이 어마어마하다는 걸 알고 있었다.

게임 이해도도 높았고 특히 그 컨트롤이 굉장했다. 미세하게 치고 빠지는 컨트롤은 그녀보다 한 수 위였다.

그렇기에 PVP 영상들을 보며 공부했다. 동시에 대장장이가 쓸 수 있는 방법도 공부했다. 당황하지 않도록.

그녀가 당황하지 않는다면 그녀가 이기는 게임이었다.

그러나 그럼에도 불구하고 태현은 그녀를 몰아붙였다. 정말 상상치도 못한 온갖 방법이 쏟아져 나왔다.

나온 지 꽤 된 판타지 온라인에 아직도 이런 요소들이 남아 있었나, 감탄할 정도였다.

결투 중만 아니었다면.

승부를 결정지은 건 실력이나 전략, 전술이 아니라 운이었다.

중반까지 이세연은 태현의 함정에 빠져서 허우적거렸다.

순식간에 치명상을 입은 이세연은 이를 악물었다. 여기서 한 번만 타이밍을 잡는다면 네크로맨서의 저주 콤보를 넣을 수 있었는데, 태현은 절대 여유를 주지 않았다.

그리고 마지막 공격이 들어왔다.

사전조사를 한 결과 저 대장장이의 망치는 98% 확률로 치명타를 터뜨리는, 대장장이가 만들 수 있는 가장 어려운 무기였다.

그야말로 노가다와, 노가다와, 노가다를 하지 않고서는 만들 수 없는 무기.

태현은 게다가 길드도 없었다. 혼자서 플레이하는 유저가 저 재료를 다 모았다는 걸 생각해 보면 정말 기가 막혔다.

'여기까진가?'

"어?"

이세연은 그녀가 죽지 않았다는 걸 깨달았다.

치명타가 터지지 않았던 것이다.

그 2% 확률 때문에!

태현은 어이가 없어서 웃었다. 이세연의 체력 바는 아주 붉게, 조금 남아 있었다.

그러나 방금 공격으로 결과는 결정 난 것이나 다름없었다.

그의 패배였다.

"이 운빨겜 진짜!!"

이세연은 1위 랭커였다. 아무리 놀라도 손은 본능적으로 움직였다. 순식간에 저주가 중첩되어서 태현의 몸을 날려 버렸다.

"졌나……."

태현은 한숨을 내쉬었다. 캐릭터가 흐릿해지며 깜빡였다. 투기장에서 죽은 캐릭터는 정리할 시간을 준 후 사망 처리됐다. 그 이후 페널티는 필드에서 죽는 페널티와 똑같았다.

판타지 온라인은 사망 페널티가 꽤 엄격한 게임이었다. 유저들이 불평할 정도로. 게다가 그는 길드도 없었고 대장장이라서 한 번 사망하면 다시 복구가 정말 힘들었다.

"내가 졌어."

이세연은 태현을 보고 귓속말로 말했다.

"완벽하게 내 패배야."

"헛소리. 진 건 진 거지."

"그 마지막 공격이 치명타만 터졌어도……."

"2% 확률도 확률이야. 내가 이제까지 운으로 이긴 것도 있는데 이제 와서 졌다고 억지 부리면 안 되지."

"아니야. 다른 건 몰라도 네가 이긴 거 맞아. 원한다면 공식적으로 발표해 줄 수도 있어."

"그만해. 게임도 잘하고 얼굴도 예쁘고 인간관계도 좋은 사람이 인성까지 좋으면 너무하잖아."

"……칭찬 고마워."

이세연은 잠시 멈추고 물었다.

"앞으로 뭘 할 생각이야? 다시 재도전?"

"아니. 접을 건데."

멋들어진 대사로 태현에게 길드 영입 제안을 하려던 이세연은 얼어붙었다.

"……뭐?"

그러나 태현은 태연했다.

"접는다고."

"왜!?"

"그야 판타지 온라인에서 할 거 다 했으니까."

이세연은 그제야 태현이 말했던 걸 떠올렸다. 그는 약한 캐릭터로 강한 캐릭터를 잡는 재미에 게임을 플레이한다고 말했었다.

그녀 말고 다른 랭커들은 모두 잡힌 상태.

"나, 나한테는 못 이겼잖아?"

"뭐야. 아까는 졌다고 했으면서. 역시 서비스였나?"

"아니, 그게 아니라……."

"넌 강해. 너는 내가 운이 없어서 졌다고 했지만, 그것도 실력이지. 그리고 난 앞으로 널 못 이길 거야."

태현은 스스로의 캐릭터를 가리켰다.

"사망 페널티가 있거든."

"아……."

"안 그래도 비책은 다 썼는데 레벨까지 내려가면 도저히 따라갈 수가 없지. 성장은 네가 더 빠를 테고."

"도, 도전하면 되잖아! 앞으로 계속!"

이세연은 다급하게 말했다. 그녀가 왜 태현을 말리는지 스스로도 알 수 없었다.

"도전은 가능성이 있을 때나 하는 거고. 가능성이 없어도 계속 도전하는 건 미련한 거지."

'그게 대장장이로 네크로맨서한테 덤빈 사람이 할 소리야!?'

이세연은 속으로 말을 삼켰다.

"끝났어. 여기까지 온 것도 운이 좋았던 거지. 솔직히 나도 대장장이로 이렇게까지 될 줄은 몰랐는데 말이야."

"잠깐만! 게임에는 다른 재미가 있어. 우리 길드에 들어오면 내가 그걸 알려줄……."

-김태현 님이 로그아웃하셨습니다.

"나쁜 놈……!"

"아. 재밌었다."

태현은 기지개를 켜며 자리에서 일어났다.

아직 초기 단계의 가상현실 게임도 이 정도로 재밌었는데, 본격적으로 발표되는 게임은 얼마나 대단할지 상상이 가지 않았다.

그때 전화가 왔다.

-야! 졌다며!

"기껏 전화해서 한다는 소리가 그거냐?"

-지금 커뮤니티 사이트, 게시판 다 폭발했거든? 생각보다 너 좋아하는 사람도 많더라. 다들 아쉽다고 하더라고. 마지막에 치명타 안 터졌지?

"안 터졌어."

-와. 그거 2%였지?

"아니. 시작 전에 추가 강화해서 사실 0.1%였어."

-미친…….

0.1%의 확률 때문에 세기의 대결에서 패배하다니. 최상윤은 말이 나오지 않았다.

-안 억울하냐?

“억울하긴 한데, 뭐 어쩔 수 없는 거지. 그게 게임인데. 나한테 진 놈 중에도 운 없어서 진 놈들은 있으니까.”

-게임은 언제 다시 들어갈 거야?

“접을 건데?”

-뭐?

“할 거 다 해봤으니 이제 쉬어야지. 다른 게임 나오면 해보려고. 판타지 온라인 2 다음 달에 나온다고 했지?”

판타지 온라인을 만든 판타지아사는 정말 본격적인 가상현실 게임을 만들겠다고 호언장담을 하고 있었다. 전 세계 규모의 동시 가상현실 게임.

-너 설마 거기서도 그 짓 할 거 아니지?

“그 짓이 뭔데?”

-뭘 알면서 물어! 일부러 약한 직업 골라서 키우는 거!

“아. 그게 얼마나 재밌는데.”

-그거 변태나 하는 짓이야, 이 자식아!

“너한테 듣고 싶지는 않다.”

최상윤은 투덜거리면서 말했다.

-그러지 말고 나랑 같이 길드 만들자. 너 솔직히 제대로 된 직업 고르고 나랑 길드 만들었으면 판타지 온라인에서 1위 먹었다니까? 이세연? 걔보다 네가 못한 게 뭔데?

"외모가 딸려."

-야…….

"농담이야. 그보다 그 제안 다른 데서도 들은 거 같다."

-뭐? 어떤 놈이 너한테 길드 들자고 했어? 아. 하긴 네가 보여준 게 있으니까 그렇겠지. 너 그래도 다른 놈이랑 하면 절대 안 된다! 할 거면 나랑 꼭 같이하는 거야!

"길드 들어갈 생각도 없는데 무슨."

최상윤은 태현의 오랜 친구였다. 그도 태현처럼 게임에 관심이 많았고, 실력도 좋았다.

사실 태현이 20위권 랭커부터 목표를 잡은 건 최상윤 때문이었다. 그가 25위 안팎을 드나드는 전사였던 것이다.

"야! 나부터 노리는 건 진짜 아니다! 20위권부터 노려! 걔네들 내려가면 나도 올라가고, 좋네, 좋아!"

그의 친구였지만 정말 현실적인 친구였다.

-그러면 판타지 온라인 2 나오면 바로 같이 달리는 거냐?

"아니. 게임 오래 했으니 여행도 좀 하고 몸도 좀 만들고 하려고."

-몸은 거기서 왜?

"게임을 하려면 체력이 중요하거든. 어려운 난이도로 갈수록 더더욱."

-또라이 같은 자식. 아, 너 아저씨가 뭐라고 안 하시냐? 복학은 언제 할 거야?

"복학은 슬슬 해야지. 위험하니까. 아버지는……."

"아들, 이리 와봐라!"

중저음의 목소리가 밑의 층에서 들려왔다.

"지금 뭐라고 하실 것 같네. 나중에 보자고."

"아들. 난 네가 정말 자랑스러웠다."

"감사합니다. 아버지."

"고등학생 때까지는 말이다."

"지금도 자랑스러워해 주세요."

"네가 전국 모의고사 때 만점을 받아왔던 게 기억에 선하구나. 중학생 때는 그렇게 공부를 안 하던 놈이. 정말 대단하다 싶었지. '이놈이 그래도 못 배운 애비와는 다르구나, 못 배운

내 한을 씻어주겠구나' 했는데……."

"저 그다음에도 성적 계속 유지했습니다만."

"그래. 수능 만점까지도 좋았다! 난 정말 감격했다! 말은 안 했지만 이 애비가 몰래 술을 마시며 울었다는 걸 아냐!"

"몰래라뇨. 아버지. 동네 창피할 정도로 크게 소리 지르면서 우셨어요. 살짝 귀가 먹으신 아래쪽의 강 할머니를 빼고 동네 사람들은 다 들었을걸요."

"나는 그때 생각했지. 애비는 못 배웠지만 이놈은 법대를 가서, 수석 졸업을 해서……. 그래, 이런 생각을 했단 말이다. 로스쿨이 뭐냐! 내가 못 배웠다지만 돈은 넘쳐 나는 사람 아니냐! 네가 가는 길에 싹 금칠을 해줄 수 있었다!"

"감사합니다. 아버지."

"그런데 이 새끼야!"

김태현의 아버지, 김태산은 일어나서 태현의 멱살을 잡았다. 두 남자 다 덩치가 작은 편이 아니었기에 험악한 분위기가 만들어졌다.

"어!? 국문학과를 가!? 이 미친놈아!"

"아니, 국문학과가 뭐가 어때서요? 아버지 지금 우리 민족의 얼과 혼을 무시하시는 겁니까?"

"이 자식아! 국문학과 갈 거면 그렇게 성적은 왜 냈어!"

"그러면 일부러 못 내야 합니까!"

"거기 나와서 뭐할 거야! 작가라도 할 거냐! 요즘 세상에 작가라니. 굶어죽기 딱 좋다!"

"어차피 아버지 돈 많으니 굶어죽을 일은 없을 겁니다!"

"이, 이 자식! 그래. 국문학과까지는 그렇다고 치자. 국문학과더라도 한국대니까! 한국 제일의 대학이니까!"

김태산은 고개를 끄덕거리더니 말을 이었다.

"그런데 학점은 F로 도배를 하고. 학사 경고도 벌써 제한 찼지? 군대 갔다온 다음에는 휴학하면서 게임이나 하고 있고! 너 이 자식, 국문학과가 만만하냐!"

"국문학과 무시하신 건 아버지거든요!"

"네가 멍청한 놈이면 내가 말도 안 해! 내 아들이니까, 그냥 잘 먹고 잘살기만 하라고 보살펴 줬을 거다. 그렇지만 넌 대단한 놈이잖아! 왜 그러는 거야!"

"아니, 학점 잘 받을 필요가 없잖습니까. 졸업만 하면 되는데."

"취직을 해야 할 거 아냐!"

"아버지가 주신 건물들이 있는데, 그냥 건물주 하면 안 될까요?"

"사람은 일을 해야 해! 신성한 노동으로 건강한 땀을 흘려야 한다, 이 소리야! 그래야 진짜 남자가 되지!"

김태산은 밑바닥에서 올라온 남자였다. 젊었을 때에는 안 해본 일이 없었다.

"아버지……. 건물 수십 채 돌리시면서 매달 남들 몇 년치

연봉 뽑으시는 분이 그런 소리 하시면 진짜 설득력이 하나도 없어요. 제가 본 아버지 모습이 골프 치고, 책 읽고, 바둑 두는 것밖에 없는데……."

"나, 나는 젊었을 때 일했어!"

"그 뭐시냐, 젊을 때 고생은 사서도 한다, 아프니까 청춘이다, 이런 거 다 헛소리에요. 인생은 편하고 쉽게 사는 게 중요한 겁니다."

"이 자식……. 나가! 너 인마! 여긴 내 집이야!"

"아버지. 이미 제 명의로 돌리신 집 몇 채 있는 거 아시죠? 거기 가면 되는 것도 잘 아시죠?"

"이, 이익……. 내놔, 인마!"

"세금 때문에 제 명의로 돌려놓고 이제 와서 뭘 내놔요! 법정 가시던가!"

두 남자가 추하게 싸우는 동안, 한 여자가 안으로 들어왔다.

탁!

쟁반이 탁자 위에 올려지는 소리였지만, 두 남자는 일제히 동작을 멈췄다.

그리고 얌전히 자리에 앉았다.

"험, 험."

"어머니 오셨어요?"

"그래. 싸우는 소리가 바깥까지 들리더라."

집안의 절대 권력자. 정윤희 여사였다.

"태현이를 고생시키자고요?"

"아, 아니. 내가 그런 소리로 한 게 아니라……. 이 자식이 능력도 있으면서 워낙 방탕하고 나태하게 사니까……."

"태현이가 나태하긴 하지만 방탕하진 않아요."

어머니 화이팅! 그런 뜻으로 팔을 흔들던 태현은 정윤희의 눈빛 공격을 받고 손을 내렸다.

"그리고 젊으니까 고생시키자는 건 반대에요. 내 자식이에요. 우리가 고생한 건 우리 자식을 고생 안 시키려고 그런 거였잖아요? 우리가 고생했다고 우리 자식도 고생시키면 그게 무슨 짓인가요?"

"그, 그렇지? 내가 화가 나서 실언을…… 하하……."

김태산은 옆에서 비웃는 태현을 한 대 쥐어박고 싶어서 주먹을 부들거렸다. 저게 아들인지 원수인지 알 수가 없었다.

"하지만 태현아. 네가 요즘 너무 나태하긴 한 것 같더라."

"……!"

불똥이 그에게 튀었다.

"제대하고 나서 쉰다고 했을 때는 그러라고 했지. 하지만 이제 복학해야 하지 않니?"

"그……렇죠?"

"난 네가 딱히 취직해야 한다고는 생각하지 않는다. 굳이 어려운 자리에 가서 네가 고생하는 걸 보고 싶지도 않고. 하지만 내 아들이, 나태하고 게으른 사람이 되는 건 보고 싶지 않구나. 무슨 소리인지 알겠지?"

"예……."

"바르게 살렴. 부끄럽지 않게."

"학점 관리 하라는 거죠?"

"아니. 학점 관리는 네 자유지. 내 말은, 네가 스스로를 자랑스러워 할 수 있는 사람이 되라는 거다. 학점도 좋고, 국문학과를 갔으니 글도 좋겠지. 네가 열중해서 결과를 떳떳하게 자랑할 수 있는 거라면 뭐든 좋단다. 그런 걸 해보라는 거야. 계속 놀지만 말고."

이제는 김태산이 태현을 비웃었다.

"아들을 믿어도 되겠지?"

"물론입니다. 어머니."

"그러면 결과를 기대해도 되겠구나? 이 어미는 아버지처럼 재산을 안 물려준다거나, 하는 협박은 할 수 없지만……."

정윤희의 눈빛이 번쩍였다. 김태산도 김태현도, 보면 주눅이 드는 그 눈빛이었다.

"네가 변하는 게 없다면 네가 이 어미를 사랑하지 않는다는 걸로 알겠다."

"어머니! 그건 너무하잖아요!"

"사랑한다면 열심히 하겠지."

치사하게 모자 관계를 끊는다는 걸로 협박을 한단 말인가. 태현은 가슴을 치며 말했다.

"차라리 다른 선택지를 주세요! 어머니 기준은 너무 높단 말이에요! 그거 만족시키려면 몇 년은 고생해야 할 텐데!"

"그래? 그러면……."

정윤희는 핸드백에서 서류를 꺼냈다.

"맞선부터 볼까? 내가 참한 아가씨들 몇 명 추려왔는데. 너도 결혼하면 책임이 뭔지 배우겠지. 착한 애니까."

"당장 복학부터 하겠습니다. 전액 장학금 받아올게요."

☘

"이렇게 됐다."

-와하하하하하하! 와하하하하하하하!

"끊는다. 너 차단한다."

-아니야! 끊지 마!

최상윤은 계속 웃다가 다급하게 말했다. 그의 친구는 의외로 성격이 좁았다. 한다면 정말 하는 친구였다.

-그래서 복학은 할 거야?

"어. 일단 빡세게 공부하고 장학금 따서 어머니 만족만 시켜

드리고 게임해야지. 3개월 정도 늦게 시작하겠네."

-게임 3개월 늦게 시작하면 많이 밀리는 거 알지? 희귀 직업이나 영웅 직업 같은 거 다 먼저 채갈 수도 있다고. 너 그런 거 좋아하잖아.

"찾는 걸 좋아하지 내가 그걸 할 생각은 없어. 채가도 상관은 없다. 아. 약한 직업이면 할지도 모르겠네."

-변태 자식. 그러면 나 먼저 해보고 너 시작하면 도와줄게. 너 그런 플레이하면 솔직히 도움 많이 필요하잖아.

"고맙다."

-학교는 갔다 왔어? 오랜만에 가니까 분위기 어때?

"어. 나 알아보는 애들이 나 싫어하더라."

-그야 네가 한 짓이 있으니까 그렇지.

"아니, 내가 뭘 했다고."

태현은 투덜거렸다. 그는 정말로 떳떳했다.

"헉. 저 사람. 그 선배잖아?"

"응? 지영아. 그게 누군데?"

"가까이 상대하지 않는 게 좋아. 저 사람 진짜 이상한 사람이라고."

"왜? 애들 때렸어? 아니면 군기 잡았어?"

"아니, 그런 건 아니지만……."

입학 이후 대학 동기들은 삼삼오오 모여서 친해졌다. 이제 막 소년티를 벗어난 대학생들이 가장 많이 하는 건 게임이었고, 그들도 모여서 게임을 즐겨했다.

마침 그 당시 유명한 게임사, 화염폭풍사에서 새로운 FPS 게임을 출시했는데 그 게임이 엄청난 인기를 끌었다.

다양한 캐릭터가 맞부딪히며 치열하게 싸우니 인기가 있을 수밖에 없었다.

그리고 그중에서도 태현은 매우 뛰어났다.

"헤드. 헤드. 헤드."

삼 대 일로 붙어서 이기는 건 기본이고.

"힐러로 딜러를!?"

힐러로 딜러를 잡는 것까지. 태현의 플레이는 홈페이지 영상에 나올 정도였다.

"어, 근데 공격 상황인데 수비용 포탑 짓는 캐릭터는 왜 고르는 거야?"

물론 이때에도 불안 요소는 있었지만, 동기들은 눈치채지 못했었다.

일이 터진 건 피시방이었다. 등급전에 목숨을 거는 한 동기가 태현과 같이 플레이하기를 부탁했다.

그가 같이 해주면 한결 쉬울 거라고 생각한 것이다.

그러나 그건 오산이었다.

"태현아…… 왜 한주를……?"

한주는 궁수 캐릭터로, 남들은 폭탄에 총에 로봇까지 들고 다니는데 혼자 활을 쏘는 캐릭터였다.

그래서인지 가장 약한 것으로 악명이 높았다. 오죽하면 아군이 한주를 고르면 다른 사람들이 나간다고 협박을 할 정도였을까.

"요즘 얘 파고 있는데 재밌더라고."

"당장 바꿔, 이 자식아! 빨리 다른 거 해!"

"……뭐? 네가 뭔데 명령이야?"

원래 이래라저래라 들으면 더 삐딱해지는 게 태현이었다. 태현은 냉정하게 거절했다.

그사이 채팅창에서는 난리가 나고 있었다.

-아! 저 새끼 왜 한주를 골라 가지고!

-한주 빨리 픽 바꿔!!

그리고 게임이 시작되었다. 태현은 치유를 제외한 모든 금메달을 따고 닥치는 대로 상대팀을 죽였지만, 전체적인 실력에서 워낙 차이가 났다. 그들은 결국 패배했다.

"너, 너! 내가 도와달라고 했잖아!"

"도와줬는데. 금메달 딴 거 안 보이냐?"

"다른 거 픽했으면 더 잘했잖아!"

"그건 결과론이지. 내가 1인분 못한 것도 아니고, 거의 3인분 혼자서 다 했는데 졌으면 네 실력 때문이지."

"너 이 자식……!"

열이 받은 동기는 주먹을 들고 달려들었다.

그리고 태현에게 개처럼 두들겨 맞았다.

☘

"어……. 그러니까 게임 캐릭터를 이상한 거 골랐으니까 나쁜 사람이란 거야?"

"아니, 그다음에 한 짓을 봐!"

"먼저 덤볐다며? 부탁도 그쪽에서 한 거고?"

"그, 그렇기는 한데……. 하여튼 이상한 사람이야. 엮여서 좋을 거 없으니까 그냥 피하는 게 좋아."

"……?"

소희는 친구의 말이 이해가 가지 않아 고개를 갸웃거렸다. 그녀는 사정이 있어서 입학하고 바로 휴학을 한 다음 돌아온 사람이었다.

"이상한 사람 아닌 것 같은데……."

"어쨌든 수석 찍은 것만 인증하고 다시 게임 시작할 테니까, 3개월만 기다려."

-누구한테 수석 자리 맡겨놓기라도 했냐? 야. 한국대가 무슨 개나 소나 가는 곳도 아니고…….

최상윤은 웃으면서 말했다.

-너 1년 후에 시작할지도 모르겠다.

"두고 보자고."

그리고 시작된 1학기가 끝나고, 태현은 가볍게 과 수석을 차지했다.

"드디어 도착했군."

넓은 방 가운데 위치한 캡슐을 보고 태현은 고개를 끄덕였다. 판타지 온라인 2는 1과 달리 본격적인 장비를 필요로 했다.

'그만큼 현실감이 높다는 거겠지.'

어머니는 성적을 보고 한동안의 휴가를 허락했다. 물론 2학기는 2학기대로 열심히 다녀야겠지만, 한동안 태현을 내버려 두실 것이다. 약속은 지키시는 분이었으니까.

[캐릭터 이름을 정하십시오.]

“김태현.”

[외모를 스캔하겠습니다. 시작 지점을 정해주십시오.]

“어?”

시작 지점이 나뉠 거라고는 생각하지 못했었다. 태현은 귓속말로 그의 친구, 최상윤을 불렀다.

“상윤아. 나 지금 도착해서 캐릭터 만드는 중인데.”

-어? 진짜? 내가 가서 도와줄게!

“아니. 됐어. 처음에는 혼자 하는 게 더 재밌어. 그보다 시작 지점이 너무 많은데, 추천해 줄 곳 있어?”

-공략 사이트 보면 알겠지만, 초보자한테는 덩글랜드 왕국이나 에랑스 왕국이 좋아.

“질문을 잘못했군. 초보자한테 좋은 곳 말고, 절대 비추천하는 곳은?”

-그거야 잘츠 왕국인데……. 야, 너 시작부터 그 짓 하게? 진

짜 하지 마! 잘츠 왕국은 진짜 개고생이라고! 일단 궤도 좀 타고 그 짓 해!

[귓속말이 끊겼습니다.]

"시작 지점은, 잘츠 왕국이다."

[잘츠 왕국의 시작 지점으로 안내해드리겠습니다.]

공략 사이트, 판타지 온라인 2 매니아는 오늘도 활발했다. 전 세계에서 억대가 넘는 사람들이 접속하니 그만큼 이용자도 많았던 것이다.

-초보자인데 아무것도 모르고 잘츠 왕국 골랐어요. 어떡하죠?

투데이 베스트에 오른 글이었다. 밑에 달린 답변은 친절했다.

-저레벨 구간에는 죽어도 페널티가 없으니, 어떻게든 죽거나 퀘스트 깨면서 레벨 10만 만드세요. 그럼 거기서도 일반 직업으로 전직이 가능

한데, 그다음에는 어떻게든 마차 모는 NPC한테 사정사정해서 다른 왕국으로 가시면 됩니다. NPC는 친밀도나 돈으로 해결 가능한 거 아시죠?

베스트 답변이었다.

그 밑에는 순진무구한 초보자들의 질문이 달려 있었다.

-잘츠 왕국은 왜 안 돼요?

-왕국이 다양한데, 잘츠 왕국은 직업 시설이나 그런 게 좀 많이 후져요. 굳이 거기 가서 개고생할 이유가 없어요.

-게다가 잘츠 왕국 시작 지점은 도시 주변이 아니라 산골 마을이거든요? 도시라고는 하는데 솔직히 산골 마을이에요. 도움은 조금도 안 되는데 주변 몬스터는 더럽게 세요. 그 주변 토끼는 이단 옆차기를 한다니까요?

-윗분 뻥이 좀 심하시네. 어떻게 토끼가 이단 옆차기를 해?

-못 믿겠으면 잘츠 왕국에서 만들어보던가! 거기서 해보지도 않은 놈이 뭐라는 거야!

"오. 이런 느낌인가?"

태현은 생각보다 확실한 느낌에 감탄했다. 이 정도면 현실에 가까웠다. 이전 가상현실과는 차원이 다른 정교함이었다.

주먹을 쥐었다 펴고 주변을 둘러보았다.

뭔가 좀 작고, 사람이 적은 도시 같은 느낌이었다. 또 시설도 전체적으로 안 좋은 느낌에다가, 주변은 산으로 시야가 막혀 있었다.

거기에 돌아다니는 플레이어들의 얼굴은…….

울상이었다. 그들이 잘못 골랐다는 걸 뒤늦게 안 사람들이었다.

"아주 좋아. 아주 좋아."

태현은 도전 욕구가 샘솟는 걸 느꼈다. 그래, 이 정도는 되어야지 하는 맛이 있지!

<초보자 퀘스트-사냥꾼 어거스트를 찾아가라>

사냥꾼 어거스트는 사나워 보이지만 친절한 사내다. 그를 찾아가면 초보 모험가가 가져야 할 기초적인 것들을 알려주리라.

보상: 1골드

"……?"

신기한 표정으로 퀘스트창을 손으로 만지작거리다가, 태현은 창을 꺼버렸다.

"튜토리얼? 왜 해?"

어차피 기본 장비는 아이템란에 장비되어 있었다. 초보자용 기본 장비였다.

'캐릭터창 확인하고 바로 사냥 간다.'

캐릭터창이 떠올랐다.

이름: 김태현

레벨: 1

직업: 백수

HP(체력): 100

MP(마력): 100

힘: 10, 민첩: 10

체력: 10, 지혜: 10

행운: 10

보너스 스탯: 0

'흠. 정말 초보자스러운 스탯이군.'

게다가 '직업: 백수'가 왠지 신경 쓰였다. 보통 '직업: 없음'으로 표현하지 않나? 왜 하필 거슬리게 백수란 말인가.

'빨리 전직하란 건가?'

태현은 아이템을 확인해 보았다.

백수의 초라한 장검: 내구력 10/10. 공격력 5.

아무것도 하지 않고 방구석에서 시간을 보내다가 어쩔 수 없이 밖으로 나온 모험가의 검이다. 들지 않는 것보다는 나으리라.

"……."

아무리 생각해도 제작진의 악의가 느껴졌다.

"뭐…… 상관없지."

태현은 도시 정문을 향해 걸어갔다. 정문이라고 해봤자 웅장한 성벽 대신 목책이 있을 뿐이었다.

보초를 서고 있는 병사도 뭔가 게을러 보였다.

이런 마을 근처에는 언제나 초보자용 몬스터가 있었다.

'잡아서 레벨 업 좀 하고, 어떻게 키울지 고민 좀 해봐야지.'

어떻게 키워야 가장 변태 같다고 소문이 날까?

태현은 그렇게 고민하며 걸어갔다.

정문 밖, 풀밭에는 토끼들이 뛰놀고 있었다. 태현은 피식 웃었다.

"그나저나 초보자용 몬스터로 매번 토끼가 나오는 것도 좀 안일한 것 같은데."

혼잣말과 함께 태현은 토끼에게 달려들었다. 무게중심이 적절하게 실린 공격이 토끼에게 들어갔다.

퍽!

그리고 토끼가 반격했다.

이단 옆차기로.

퍽!

"……?"

피가 절반이나 깎였다. 충격이 가시기도 전에 토끼가 앙증맞은 주먹을 들어서 태현을 향해 휘둘렀다.

태현은 급하게 피했다. 아무리 당황했어도 컨트롤은 어디 가지 않았다.

'이게 뭔 토끼야!?'

펀치에 킥. 수준급 격투가나 보여주는 동작을 도시 앞 토끼가 보여주니 어이가 없었다. 게다가 토끼는 공격을 맞았는데도 멀쩡한 기색.

태현은 다시 웃었다.

"그래. 이래야 재밌지! 덤벼라! 으하하!"

정문을 지키고 있는 경비병은 하품을 하다가 고개를 절레절레 저었다.

새로 온 모험가 중에 이상한 사람들이 많다는 건 알고 있었지만, 저런 모험가는 또 처음이었다.

토끼와 싸우면서 유쾌하게 웃는 놈이라니.

"좋은 싸움이었다."

태현은 숨을 몰아쉬며 쓰러진 토끼를 내려다보았다. 개인적으로 20위권에 있던 도적 랭커보다 더 힘들었던 것 같았다.

[레벨 업 하셨습니다.]

“오, 벌써? 토끼 한 마리 잡았다고?”

이름: 김태현

레벨: 2

직업: 백수

HP(체력): 110

MP(마력): 110

힘: 10, 민첩: 10

체력: 10, 지혜: 10

행운: 10

보너스 스탯: 5

“흠…….”

태현은 생각에 잠겼다.

‘분명 보너스 스탯은 초보자 전용이었지?’

직업을 고르고 나면 레벨 업 할 경우 그 직업에 맞게 스탯이 성장한다고 알고 있었다. 그러나 직업 전에는 스스로가 스탯을 배분해야 했다. 원하는 직업에 맞춰서.

대부분 빠르면 10 미만, 늦어도 20 미만에서 직업을 가졌다.

일반 직업보다 더 좋은 희귀 직업이나 영웅 직업을 찾는 사람들도 있기는 했다.

그렇지만 그런 건 찾기도 힘들었고, 공유도 되지 않았다. 발견되지 않는 걸 언제까지 붙잡고 있을 수는 없으니 운 좋은 몇몇을 제외하고는 대부분 적당히 타협을 했다.

"이럴 때는 역시 상윤이한테 물어봐야지."

-너 한 번만 더 멋대로 귓속말 끊어버리면 차단할 거다.

가장 먼저 들려온 건 친구의 진지한 협박이었다.

"하하. 나의 벗 상윤아! 무언가 오해가 있는 모양이구나. 내가 귓속말을 끊었을 리가 없잖니? 분명 네트워크 오류가……."

-헛소리하지 말고. 진짜 잘츠 왕국 골랐냐?

"응."

귓속말로 한숨이 들려왔다.

-아……. 진짜 하지 말라니까. 잘츠 왕국은 멀어서 내가 도와주러 가기도 힘들어.

"안 도와줘도 괜찮거든?"

-에이. 그래도 안 도와줄 수가 있나. 그보다 너 판타지 온라인 매니아 사이트 알지?"

관련 공략이나 정보 글, 영상부터 시작해서 게임에 관련된 콘텐츠는 모두 모인 사이트였으니 태현이 모를 리 없었다.

게다가 태현은 한때 그 사이트의 유명인사였다. 대장장이로 랭커들을 때려잡고 다녔으니…….

"알지."

-판타지 온라인 2 나오면서 사이트 이름도 앞에 2 달았거든? 그거 빼고 나머지는 그대로야. 게임 내에서 접속 가능해. 나한테 매번 묻는 것보다 가서 검색하는 게 빠를 거야.

"오. 그래?"

-거기서 잘츠 왕국 한 번만 검색해 보면 내가 왜 가지 말라고 했는지 이해가 갈 거다.

태현은 말을 듣자마자 창을 키고 검색을 했다.

-초보자인데 잘츠 왕국 골랐어요 ㅠㅠ

-캐릭 지우고 다시 만들려면 어떻게 해야 해요?

-잘츠 왕국인데 그냥 접을까요?

-잘츠 왕국인데 도와주실 분?

"……."

태현은 씩 웃었다.

이 하드코어 난이도의 예감!

-너 웃고 있냐?

"무슨. 사람을 뭐로 보고."

-넌 좋아할 거 같은데? 아니면 말고. 그래서 뭐가 아쉬워서

귓속말한 건데?

“아. 보너스 스탯이 쌓였는데 직업에 맞춰서 분배 좀 하려고. 어떤 직업이 가장 좋을까? 아. 여기서 말하는 건 어떤 직업이 가장 망했냐는 뜻이야.”

-알고 있어. 자식아.

“대장장이 어때? 1에서는 엄청 구렸잖아.”

-대장장이? 아냐. 2에서는 되게 인기 좋아. 대장장이 계열 희귀 직업만 얻어도 길드에서 못 모셔가서 안달이다.

“엥? 그래?”

태현은 김이 빠지는 기분이 들었다. 대장장이는 1에서 정말 할 거 없는 놈들이나 키우는 직업이었던 것이다.

그런 캐릭터를 이끌고 잘나가는 직업을 이기는 맛이 있었는데…….

“그럼 대장장이는 패스. 안 해.”

-하하하하. 생각해 보니까 네가 싫어할 만한 이유가 하나 더 있어.

“……?”

-내가 만난 게 벌써 세 명이거든?

“뭐가 세 명이야?”

-너 사칭하는 놈.

“……?”

태현은 이해가 가지 않아서 고개를 갸웃거렸다.

"무슨 소리야?"

-네가 1에서 대장장이로 애들 패고 다녔잖아. 그게 워낙 인상 깊었고. 그래서 여기서 너 따라하는 놈들이 있다고. 이름도 '김태현'으로 짓고서 대장장이 테크트리 타는 놈들.

"에이……. 김태현 정도면 흔한 이름인데. 그냥 겹친 거겠지."

-아니야. 생김새 보니까 네 1 때 모습이랑 엄청 비슷해. 의도적으로 노렸어. 내가 널 얼마나 봤는데 그걸 못 알아보겠냐.

판타지 온라인 2의 외모는 꽤나 큰 폭으로 수정이 가능했다. 물론 성별까지는 바꿀 수 없었지만.

게다가 1에서 태현은 언제나 투구를 쓰고 다녔다. 겉모습만 비슷하게 하는 건 별로 어렵지 않았다.

"특이한 놈들 다 보겠네. 그걸 왜 따라해?"

-네가 할 소리는 아니거든? 어쨌든 걔네들이 너 보면 반가워하겠다. 아니면 같은 짝퉁으로 알지도 모르고. 으하하!

"둘 다 사양이다. 그나저나 대장장이가 그렇게 강캐면 안 끌리는데……. 야. 스탯 중에서 가장 안 쓰이는 스탯이 뭐지?"

-너 지금 아직 백수지?

"뭐? 난 백수가 아니라 대학생……."

-자식아. 게임 내에서!

"아. 응."

-그럼 찍을 수 있는 스탯이 마력, 힘, 민첩, 체력, 지혜, 행운

정도 아닌가?

직업을 얻고, 추후로 퀘스트를 깨면 깰수록 다른 능력치도 나온다는 게 상윤의 설명이었다.

-통솔력이나 마법 공격력, 마법 방어력 같은 건 지금 나오지도 않을 테니까…….

"쓸모없는 스탯 알려달라고. 쓸모 있는 거 말고."

-가장 쓸모없는 스탯? 그건 쉽지. 행운이야.

"행운? 그거 나름 쓸모 있지 않아?"

-쓰이는 곳이야 많은데 효율이 너무 안 좋아. 아무리 올려봤자 조금 확률 올라가는 게 끝인데. 솔직히 다들 스탯 하나가 아까운데 행운에 쓰는 놈이 어딨겠냐. 너 아니면. 근데 너 직업부터 먼저 골라야 하지 않아? 아무리 망캐를 키워도 스탯은 직업 컨셉에 맞춰야지.

"직업은 정했어."

-……? 뭘로?

"전직을 안 하는 거야."

-……뭐?

"전직 안 하면 백수로 유지잖아? 초기 상태."

-야, 미친놈아! 초보자로 계속 플레이하는 놈이 어딨어! 직업 스킬 안 받을 거야?

"아주 좋네! 별명도 그럴듯할 거야. 백수의 왕. 미친 대장장이보단 낫지 않냐?"

최상윤은 기가 막혀서 헛웃음을 터뜨렸다.

판타지 온라인 2는 백수 상태, 이른바 초보자 상태에서 전직을 해야 본격적인 직업 스킬과 퀘스트를 받을 수 있었다.

전직을 하지 않는다는 건 그걸 다 포기한다는 걸 의미했다. 당연히 캐릭터도 엄청나게 약해졌다.

"전직은 안 하고, 스탯은 모조리 행운에. 판타지 온라인 1에서 행운 때문에 손해 봤는데 이번에는 좀 이득 보려나?"

-이득을 보려면 최소한의 조건이 있어야지, 너 그렇게 키워서 잘츠 왕국 밖으로는 빠져나올 수 있겠냐?

상윤은 역마차를 떠올렸다. 레벨이 낮은 이들이 안전하게 이동할 수 있는 수단 중 하나였지만, 이 역마차는 NPC가 모는 물건이었다.

그리고 그 NPC는 의외로 깐깐했다.

레벨이 낮거나 전직을 안 한 사람 같은 경우는 대놓고 무시를 하는 것이다.

"걱정 마. 걱정 마. 언제나 게임에는 방법이 있다고."

-그래……. 변태 같은 플레이 잘하고, 도움 필요하면 연락해.

"그래. 고맙다."

귓속말이 끊어지자 태현은 바로 스탯을 투자했다.

'전부 행운에.'

✽

'그나저나 다른 사람들은 토끼 어떻게 잡았대?'

태현은 스스로의 컨트롤이 다른 사람들보다 뛰어나다는 걸 잘 알고 있었다.

그런 그가 간신히 한 마리를 잡은 상황. 다른 사람들은 더 어려울 게 분명했다.

태현은 다시 판타지 온라인 2 매니아 사이트를 켰다.

"잘츠, 잘츠……."

-잘츠 왕국에서 자꾸 토끼한테 죽는데 사냥 어떻게 해요?

"오. 여기 있다."

답변은 친절했다.

-파티 사냥하셔야 해요. 솔직히 초보자들이 혼자서 잘츠 왕국 바깥 토끼 잡는 건 무리거든요.

"음. 난 잡았는데."

-적어도 다섯 명 정도로 파티 짜세요. 억울하시겠지만 미리 레이드 연습한다고 생각하시고……. 힘내서 잘츠 왕국 빠져나오세요!

태현은 창을 닫았다.

"굳이 파티 사냥할 필요 있나."

그러나 주변을 둘러보니 다들 파티를 찾아서 사람들을 모으고 있었다.

플레이어 숫자가 더 적어서 눈에 띄었다. 우르르 모여 다니는 플레이어들을 곧 볼 수 있었다.

그러거나 말거나, 태현은 혼자서 토끼에게 덤벼들었다.

갈 길이 멀었다.

약한 캐릭터로 강한 캐릭터를 이기는 건 겉보기에는 멋있어 보였지만, 그 뒤로는 온갖 노가다와 고생이 담겨 있는 일이었다.

이름: 김태현

레벨: 10

직업: 백수

HP(체력): 190

MP(마력): 190

힘: 10, 민첩: 10

체력: 10, 지혜: 10

행운: 55

보너스 스탯: 0

'괜찮군. 다른 건 몰라도 경험치는 좀 후하게 주는 것 같아.'

하긴, 그런 난이도의 몬스터를 뿌려놓고 경험치까지 적게 주면 그게 사기였다.

다른 플레이어가 봤다면 미친놈 보듯이 봤을 스탯창을, 태현은 흐뭇하게 쳐다보았다.

'아이템 확인.'

조리되지 않은 토끼고기(12)

신선하지만 조리하지 않고 먹으면 위험할 수도 있다.

판타지 온라인 1에서는 요리도 나름 중요한 요소였다.

먹으면 그 요리에 따라 일시적인 버프나 영구적인 버프가 걸렸기에, 조금 난이도 있는 레이드를 하는 플레이어들은 무조건 요리를 챙겨먹었다.

판타지 온라인 2는 1과는 많이 달랐지만, 이런 요소에서는 비슷할 것 같았다.

'불이라도 피워서 구워볼까. 별로 맛은 없겠지만.'

"이보게. 아까부터 보니, 토끼를 참 맛깔나게 잡더군."

"……?"

태현은 고개를 돌렸다. 수염이 덥수룩한, 산적같이 생긴 사냥꾼이 그에게 다가오고 있었다.

'NPC?'

"나는 사냥꾼 어거스트네. 그런데 자네는 신참 모험가 같은데, 어째서 나를 찾아오지 않았지?"

[초보자 퀘스트-사냥꾼 어거스트를 찾아가라의 내용이 변경되었습니다.]

<초보자 퀘스트-사냥꾼 어거스트를 찾아가라>

사냥꾼 어거스트는 풋내기로밖에 보이지 않는 모험가가 그를 찾아오지 않고 혼자 사냥하고 있는 것에 궁금해하고 있다. 그의 궁금증을 풀어주는 게 좋을 것이다.

'으음…….'

태현의 머리가 빠르게 굴러갔다. 지금 그가 있는 곳은 잘츠 왕국의 도시 중 하나인 타이럼 시였다.

잘츠 왕국 자체가 산악 지대에 위치한 국가였고, 타이럼 시는 그중에서도 산 가운데에 지어진 도시였다.

다른 플레이어들이 마을 같다고 악평하는 이유가 있었다. 그만큼 규모가 작고 난이도가 높았다.

여기서 타이럼 시의 특색을 읽을 수 있었다.

'사냥꾼들이 대접받는 곳이겠지.'

평지가 많은 나라에서는 기사단의 세력이 강하듯이 산지가 많은 나라에서는 사냥꾼의 세력이 강했다.

판타지 온라인 1에서도 그런 식이었다.

태현은 아직 아무런 명성도 없는 백수, 아니 모험가였다. 그에 비해 상대는 사냥꾼.

성질을 거스르게 해서 좋을 게 없었다. 게다가 퀘스트의 설명도 그렇고…….

태현은 필요할 때는 얼마든지 비굴해질 수 있는 사람이었다. 바로 고개가 숙여졌다.

"죄송합니다. 어거스트 님. 제 실력이 부족하다고 여겨져서, 만족스럽게 찾아갈 수 있을 때까지 스스로 훈련을 하고 있었습니다."

"허! 요즘 오는 모험가들은 다 얼빠진 놈들이라고 생각했었는데, 그래도 나름 정신이 있는 놈이 있었군!"

[어거스트가 매우 좋아합니다.]

"그런 마음가짐이라면 충분하다. 게다가 아까 토끼를 잡는 걸 보니 기초 실력도 충분하더군. 오랜만에 가르칠 기분이 나는데? 어때, 내 밑에서 배워보지 않겠나?"

<희귀 직업-타이럼 사냥꾼 전직 퀘스트>

사냥꾼 어거스트는 타이럼 사냥꾼의 일원이다. 잘츠 왕국에서도 타이럼 사냥꾼은 명예로운 직업. 흔히 잡을 수 있는 기회는 아닐 것이다.

그의 시험을 통과해라.

보상: 타이럼 사냥꾼으로 전직

일반, 희귀, 영웅, 전설로 구분되는 직업. 희귀만 되어도 플레이어들은 고민하게 마련이었다.

그러나 태현은 전혀 고민하지 않았다.

"죄송합니다! 저는 아직 많이 부족합니다!"

"부족한 건 괜찮다. 누구나 처음에는 다들 그렇지."

<희귀 직업-타이럼 사냥꾼 전직 퀘스트>

사냥꾼 어거스트는…….

‘아, 왜 이리 끈질겨?’

다시 뜨는 창을 치우고, 태현은 진지하게 말했다.

“어거스트 님께서 좋게 봐주셔도 저는 스스로를 좋게 봐줄 수가 없습니다. 스스로한테 떳떳하지 않고서야 어떻게 남자라고 할 수 있겠습니까?”

전직하기 싫은 태현의 몸부림은 처절했다.

‘이것도 안 통하면 그냥 욕이라도 해야 되나? 도시 내에서 페널티가 붙긴 하겠지만…….’

[어거스트가 매우 좋아합니다.]

‘……젠장!’

“그래. 그게 남자고, 그게 타이럼 사냥꾼의 영혼이다!”

어거스트는 웃으면서 태현의 어깨를 두드렸다.

“점점 더 마음에 드는군. 하지만 남자가 그러겠다는데 억지로 시키는 것도 모양이 좋지 않지. 그러면 원할 때까지 스스로 훈련하도록. 타이럼 사냥꾼으로 배우고 싶다면 언제든지 와도 좋다.”

“감사합니다!”

‘저 인간 주변은 무조건 피해야겠군.’

태현이 무슨 생각을 하는지도 모르고 어거스트는 좋아했다.

"아 참. 자네 같은 신참은 사냥 준비나 뒤처리가 여러모로 귀찮을 거야. 나한테 오면 좋은 가격에 물건을 넘겨주겠네."

[한층 싼 가격으로 어거스트의 가게를 이용할 수 있습니다.]

"감사합니다, 어거스트 님!"

"그래. 그래. 좋은 하루 보내게."

태현은 떠나려던 어거스트의 팔을 잡았다.

"그러면 지금 좀 이용하고 싶은데요."

CHAPTER 2

어거스트가 태현을 좋아해 준 덕분에 태현은 갖고 있던 물건들을 모두 팔아치울 수 있었다.

“음? 이건?”

토끼가죽과, 토끼고기와, 토끼발톱과……. 하여튼 나온 잡템을 모두 처리하는 동안, 어거스트가 무언가를 발견하고 의아하다는 듯이 말했다.

“토끼발이잖아?”

“이건 안 사주십니까?”

태현은 아쉽다는 듯이 입맛을 다셨다. 한 푼이 아까운 초반이었다.

“아니, 사줄 수는 있네. 그렇지만 이건 내가 돈을 주고 사는 것보단 자네가 갖고 있는 게 좋을 것 같아."

"……?"

토끼발(1)

토끼의 발이다. 별다른 의미는 없다.

판타지 온라인에서는 아이템의 성능을 확인하는 것도 자격이 필요했다.

감정 스킬이 낮거나, 레벨이 낮거나, 관련된 직업 스킬이 낮거나……. 하여튼 자격이 부족한 사람은 아이템의 진정한 성능을 볼 수 없었다.

어거스트가 저러는 걸 보면, 토끼발은 태현은 볼 수 없지만 어거스트 같은 고렙 NPC는 볼 수 있는 성능이 있는 게 분명했다.

"이건 행운의 상징이거든. 갖고 있으면 행운에 도움이 되네. 자네 같은 초심자한테는 행운이 많이 필요할 거야."

원래라면 말해주지 않을 걸 저렇게 말해주는 걸 보니, 태현이 어거스트한테 제대로 호감을 산 모양이었다.

"그나저나 신기하군. 토끼발은 원래 잘 보이는 게 아니거든. 초보자한테도 가끔 나오는 물건인데, 꽤나 운이 좋은 편 아닌가?"

토끼발(1)

토끼의 발이다. 예전부터 타이럼 사냥꾼들에게는 행운의 상징으로 통해왔다. 복용 시 행운 +5.

"……!?"

태현은 눈을 번쩍 떴다. 복용 시 행운 +5?

다른 플레이어들은 이런 걸 모를 가능성이 컸다. 애초에 타이럼에서 시작한 사람이 적을뿐더러, 이 레벨 정도가 되면 다른 곳으로 떠나거나 전직을 하려고 했으니까.

게다가 어거스트의 말을 들어보니 흔한 아이템도 아닌 모양이었다. 태현도 행운을 올리지 않았다면 얻지 못했을 가능성이 컸다.

'이건 기회다!'

태현은 뛰어난 직업이 아닌, 안 좋은 직업의 장점을 발견해서 이기는 걸 좋아했다.

말이야 좋았지 사실 이건 불가능에 가까운 길이었다. 뛰어난 직업이 왜 뛰어난 직업이겠는가?

안 좋은 직업으로 이기기 위해서는 남들이 하지 않는 짓은 다 해야 했다.

노가다, 스탯 작업, 아이템 강화 작업…… 그렇게 해야 간신히 같은 선에 서는 게 가능했다.

이번에 태현이 고른 건 행운과 백수였다.

이 불리한 조건에서 싸우려면 그나마 스탯 자체를 엄청나게 올려야 했다.

태현은 바로 토끼발을 들어 입에 넣었다.

"자, 자네! 미쳤나?"

"예?"

"조리해서 먹어야지! 식중독이라도 걸리면 어떡하려고!"

"……!"

판타지 온라인 1에서는 그냥 먹어도 식중독 같은 게 없었기에, 태현은 아무 생각 없이 토끼발을 먹은 것이다.

'젠장…….'

이름: 김태현

레벨: 15

직업: 백수

HP(체력): 240

MP(마력): 240

힘: 10, 민첩: 10

체력: 10, 지혜: 10

행운: 420

보너스 스탯: 0

식중독을 이겨내고, 태현은 계속 토끼를 잡고 있었다.

사실 원래 계획대로라면 다른 곳으로 이동해야 했다. 이 토끼들은 초반에는 좋지만 레벨 10이 넘어가는 순간부터 효율이 떨어졌기 때문이었다.

초반에야 폭발적인 레벨 업이 가능했지만, 아무리 토끼가 강해도 초보자용이었다. 레벨 10이 넘으면 경험치 양은 급격하게 줄었다.

다른 레벨 높은 몬스터는 이 토끼보다 약하면서 경험치는 많이 주는데, 굳이 여기서 버티고 있을 이유가 없는 것이다.

다들 전직을 하거나 돈을 모아서 마차를 타고 다른 곳으로 이동했다.

잘츠 왕국이 괜히 욕을 먹는 게 아니었다.

하지만 태현은 버텼다.

토끼발 때문이었다.

'아, 이거 지금 떠나기에는 너무 아쉬운데.'

다른 곳으로 가서, 퀘스트를 깨고, 레벨 업을 하고, 아이템을 얻고……. 이런 게 정석이었다.

그렇지만 그러기에는 토끼발이 너무 아까웠다.

그리고 한 가지 더, 어거스트의 말이 마음에 걸렸다.

'초보자한테도 가끔 나온다고 했지?'

즉, 전직을 하거나 일정 레벨 이상이 되면 안 나올지도 모르는 아이템이었다. 초보자에게 행운을 주기 위해 제한을 걸어 놓았을 가능성이 컸다.

'어쩔 수 없지. 안 나올 때까지 잡는다!'

다른 사람들은 파티 플레이다, 메인 퀘스트다, 신나게 노는 동안 태현은 토끼와 치열하게 싸움을 거듭했다.

행운을 올리기 위한 처절한 노가다였지만, 의외의 효과가 있었다.

"자네가 그 주변의 토끼들을 청소해 주는 사냥꾼이라며? 좋은 일 하는군. 이거 받게!"

[날카롭게 벼려진 단검을 받았습니다.]

"아, 어거스트한테 이야기 들었지. 좋은 일 해주는 사람한테는 싸게 팔아주지! 뭐가 필요한가?"

[물약 상인 호론이 좋아합니다.]

다른 플레이어들은 레벨만 되면 바로 타이럼을 떠나고 있었다. 덕분에 태현만 NPC들과 친밀한 관계를 쌓을 수 있었다.

'한 20~30쯤 되면 더 이상 안 나오려나. 대충 그 정도에서 선을 그어놨을 거 같은데.'

태현은 기지개를 켜며 다시 토끼를 잡기 위해 밖으로 나섰다.

"응?"

저 멀리, 혼자서 토끼를 잡기 위해 분투하는 플레이어가 보였다. 태현처럼 특이한 성격이 아닌 이상 초보자 몇 명이 파티를 짜고 토끼를 잡는 게 보통이었는데, 저렇게 혼자서 싸우는 걸 보니 기분이 좋았다.

'나 같은 플레이어인가?'

태현은 얼마나 잘 싸우나 보려고 다가갔다.

퍽!

"……?"

그리고 그 플레이어는 토끼의 앞발을 맞고 뻗어버렸다.

"……."

태현은 어이가 없다는 표정으로 그 플레이어를 쳐다보았다.

물론 여기 토끼가 초보자가 상대하기에는 매우 힘든 상대긴 했다. 그래서 파티를 짜는 것이었고.

그렇지만 방금 플레이어가 보여준 모습은 너무했다. 뻔히 보이는 공격도 피하지 못하고 맞다니.

마우스와 키보드로 하는 것과 달리 가상현실 게임은 실제의 센스가 중요했다. 저 플레이어는 이른바 몸치가 분명했다.

"이익!"

플레이어는 다시 일어났다. 그리고 덤볐다. 토끼가 뛰어서 앞발을 휘두르자, 그는 눈을 질끈 감고 또 맞았다.

"……."

두 대 맞았는데 죽지 않은 거 보니 레벨은 조금 올린 모양이었다. 그런데도 저 모양이라니.

이건 좀 심각했다.

태현은 끼어들었다. 단검으로 토끼를 잡고 급소를 푹푹 찔러대자 토끼는 금방 죽었다.

토끼는 공격력과 민첩에 비교해서 HP가 적은 몬스터였고, 태현은 행운 때문인지 치명타가 많이 터졌다.

"아니, 왜 눈을 감고 싸워? 눈을 떠야지! 토끼가 무서운 거야?"

태현은 쓰러진 플레이어를 쳐다보았다. 그리고 놀랐다. 쓰러진 플레이어가 정말 예쁘장하게 생겼기 때문이었다.

머리카락만 조금 더 길게 했으면 여자라고 착각했을 수도 있을 것 같았다.

판타지 온라인 2는 여러 문제 때문에 실제 얼굴을 변형시키는 데 한계가 있었다.

다른 얼굴을 가질 수는 있었지만, 못생긴 사람이 잘생긴 사람으로 변신하는 건 불가능했다.

즉, 앞의 플레이어는 실제로도 미소년일 가능성이 컸다.

그리고 태현은 잘생긴 사람을 싫어했다. 그의 친구도 저런 계열이었기 때문이었다.

'나보다 잘생긴 놈들은 모두 저주받아라!'

"네, 네?"

"일어나라고. 미소년. 얼굴만 예쁘다고 문제가 해결되는 게 아니야!"

"네? 미소년? 제가 왜 소년……?"

"조용히 하고 들어. 토끼가 까다롭기는 한데, 더 쉬운 몬스터도 덤빌 때마다 눈을 감으면 이길 수 없어!"

"아니, 그러니까 제가 왜 소년……?"

"내 말 끊지 말라니까?"

"……네."

"왜 눈을 감는 거야?"

"덤비면 무섭잖아요."

"……."

태현은 고개를 저었다. 토끼가 무슨 흉측한 몬스터도 아니고…….

"보니까 고등학생 같은데. 너 혹시 남고 다니지는 않지? 남고 다니면 괴롭힘당하기 딱 좋을 것 같은데."

"아니 무슨 남고예요! 애초에 전……."

"공학인가 보군. 공학이면 그나마 낫겠지. 어쨌든 여기서 토끼한테 쫄면 앞으로도 괴롭힘당할 가능성이 높다고. 쫄지 마! 토끼잖아! 이름이 뭐지?"

"……유지수요."

"좋아. 눈 감지 말고, 저기 토끼한테 다시 가서 싸워보라고."

지수는 여러모로 할 말이 많았지만, 태현을 보고 더 이상 말하는 걸 포기했다.

게다가 그녀한테 이렇게 친절하게 말을 걸어준 사람도 드물었던 것이다. 괜히 따져서 또 혼자 놀고 싶지는 않았다.

"으아아앗!"

퍽!

"……아니, 대체 어떻게 토끼한테 달려가면서 넘어질 수 있냐?"

"그러게요."

몇 번 더 시도하고 나서 태현은 깨달을 수 있었다.

유지수는 정말 근접전 센스가 하나도 없었다.

토끼가 덤비면 눈을 감고, 토끼한테 달려가다가 넘어지고, 무기를 휘둘러서 자기를 때리고…….

"와. 이건 진짜 심하군."

"저도 알고 있거든요……."

"파티밖에 답이 없겠는데? 이 레벨까지는 어떻게 올렸어?"

"파티로 올렸어요."

"그래서 그 파티원들은?"

"제가 너무 못한다고 쫓아냈어요."

"……이해가 간다."

유지수는 고개를 푹 숙였다.

"원래 친구들이랑 같이 시작한 건데, 제가 시작 마을을 잘못 듣는 바람에 잘츠 왕국에서 시작했거든요……. 빨리 레벨 올려서 다른 곳으로 가려고 했는데……."

"운이 좋군. 나는 원래 컨트롤이 허접한 사람을 보면 관대해지지. 네가 예쁘장하게 잘생겨서 마음에 안 들지만, 친절을 베풀어줄게."

"네?"

"파티 신청 걸어. 레벨 10 찍어줄 테니까, 마차 타고 다른 곳으로 가."

"정말요!?"

"내가 이런 거 갖고 거짓말하겠냐? 어차피 10 될 때까지 경험치는 금방이니까 괜찮아."

[파티 신청을 수락하겠습니까?]

파티를 허락하자 유지수의 창이 떴다.

"자, 그러면 열심히 해보자! 넌 한 대만 때려!"

"네!"

♣

세상 모든 일에는 이유가 있었다.

사냥을 시작하고 한 시간이 지나서, 태현은 왜 지수가 파티에서 쫓겨났는지 알 수 있었다.

"야…… 거기서 막으면……."

"죄송해요! 죄송해요!"

경험치를 나눠 받으려면 몬스터를 한 대라도 쳐야 했다. 그런데 지수는 몬스터를 한 대 칠 때마다 사고를 일으켰다.

넘어지고, 구르고, 길을 막고, 기타 등등.

이렇게 되니 태현도 움직이면서 토끼를 피할 수가 없었다. 태현이니까 간신히 잡았지, 레벨이 아슬아슬한 초보자들은 더 심했을 것이다.

'이러니까 당연히 쫓아내지.'

"안 되겠다."

"네!? 열, 열심히 할게요! 눈도 안 감을 테니까 파티 풀지 말아줘요!"

"뭐라는 거야? 파티 풀라는 게 아니야. 이거 들라고."

"……?"

태현이 지수에게 준 건 단검이었다.

"단검 토끼한테 던져. 그걸로도 데미지는 들어가니까. 엄청 적겠지만 인정은 되겠지. 그런 다음에는 무조건 도망쳐서 내 뒤로 피해. 그 정도는 할 수 있지?"

지수는 태현의 말에 감동해서 눈을 크게 떴다. 저렇게 친절한 사람은 처음 봤다. 보통 그녀처럼 이렇게 트롤링을 하면 다들 욕을 하며 떠나던데…….

"감사합니다! 화 안 내주셔서 정말 감사합니다!"

"뭐, 이런 거 가지고. 내가 보기에 너나 다른 사람이나 다 못하거든."

착한 사람이지만 약간 이상한 것 같다. 지수는 그렇게 태현에 대한 생각을 수정했다.

"하나, 둘, 셋. 던져!"

퍽!

"거 참. 그건 잘 맞추네. 원래 단검 맞추는 게 쉬운 게 아닌데."

토끼가 달려오자 태현은 검을 휘둘렀다. 비명과 함께 토끼가 즉사했다.

[치명타가 터졌습니다!]

"해냈어요!"

"네가 토끼 하나 간신히 잡았다는 건 알지? 누가 보면 레이드 뛴 줄 알겠다."

태현의 말에 지수의 얼굴이 붉어졌다. 그걸 본 태현이 혀를 끌끌 찼다.

사내자식이 저렇게 여려서 어떻게 하려고…….

"아무래도 적성에 안 맞는 거 같은데, 그냥 제작 쪽 직업을 하는 게 어때?"

"제작이요?"

"그래. 판타지 온라인은 전통적으로 제작 쪽 직업도 좋다고. 대장장이, 세공사, 재봉사, 이런 거 다 레벨 업 좀 해두면 다들 모셔가려고 할걸? 인기 엄청 있어."

"하지만 그런 건 솔플하기 힘들잖아요."

"응?"

태현은 고개를 갸웃거렸다.

"친구들이랑 같이 한다고 하지 않았어?"

"갈라졌으니까요……. 그리고 같이하는 건 좋은데, 다른 사람한테 의존해야 하는 직업은 별로예요. 솔플 가능한 직업이 좋은데요……."

"솔플이 좋다고?"

태현은 눈앞의 지수에게서 그와 비슷한 분위기를 느꼈다.

타고난 아싸의 분위기!

'이 자식……. 사실 친구랑 노는 걸 별로 좋아하지 않는구나?'

친구를 좋아하기는 하지만, 게임을 할 때는 혼자 고독하게 파고드는 걸 좋아하는, 말 그대로 타고난 아싸!

태현과 비슷하다고 볼 수 있었지만, 태현은 그걸 받쳐주는 실력이 있었고…….

지수는 실력이란 게 존재하는지 의문이 들 정도였다.

"대장장이도 솔플 가능하긴 해."

"네? 말도 안 돼요. 시작하기 전에 다 조사해 보고 했다고요."

"다 조사해 봤다면서 판타지 온라인 1은 안 봤냐? 거기서 대장장이로 솔플 뛰던 놈 있었잖아."

"아, 김태현이요? 그러고 보니 오빠……. 아니, 형은 이름이 뭐예요?"

"……김태현."

"그 김태현 따라한 거는 아니죠?"

"아니야, 이 자식아!"

태현은 울컥해서 외쳤다. 상윤이 이런 오해를 받을 수 있다고 말하기는 했지만 실제로 받게 되니 억울했다.

"그거 보긴 했는데……. 그건 타고난 센스가 있어야 하는 거 아니에요?"

"자식. 보는 눈이 있군. 그래. 타고난 센스가 있어야지."

'진짜 팬 아냐?'

지수는 속으로 몰래 의심했다. 아무리 봐도 태현이 판타지 온라인 1의 김태현을 꽤 좋아하는 것 같았다.

"근접전 센스가 없는데도 솔플하고 싶으면 뭐…… 방법이 있긴 해."

"진짜요!?"

"근접전을 적게 하는 직업 고르면 되지. 마법사나 궁수 계열. 원거리 공격 위주잖아."

"아……."

"그런데 마법사 할 거면 잘츠 왕국을 고르면 안 됐을 텐데? 잘츠 왕국은 마법사가 별로 없잖아."

마법사가 되고 싶은 사람을 위한 시작 지점은 따로 있었다.

"꼭 마법사가 아니어도 괜찮아요! 궁수도 좋아요!"

"그래? 어거스트한테 한 번 달라고 해볼까……."

"어거스트요? 그 깐깐한 사냥꾼이요?"

"깐깐해?"

태현은 의아하다는 듯이 되물었다. 이제 그만 보면 반갑게 인사하는 NPC였다.

"제가 인사해도 받아주지도 않고, 침이나 뱉고…… 막 무시하던데요……."

"……."

태현은 어떻게 된 건지 깨달았다. 지수가 워낙 실력이 부족하다 보니 어거스트의 호감을 전혀 쌓지 못한 것이다.

"내가 달라고 할 테니까 가보자고."

"감, 감사합니다!"

❧

"지금 플레이어들 어떻게 되어가고 있지? 뭐 재밌는 거 있나?"

"아니요. 저번에 보셨을 때랑 달라진 거 별로 없습니다."

"에잉. 사람들이 왜 이렇게 패기가 없어? 팍팍 진도를 나가서 전설 직업도 찾고 해야 시스템이 바뀌지. 지금 발견된 전설 직업 하나도 없지?"

'일반-희귀-영웅-전설'로 구분되는 직업 라인에서 전설 직업은 가장 희귀하고 독특한 직업군이었다.

찾기도 힘들고, 달성 조건도 힘들었으며, 한 번 찾고 나면 다른 사람은 그 직업으로 전직할 수 없었다.

영웅 이하 직업과 가장 큰 차이점이었다.

판타지 온라인 2는 일정 숫자의 전설 직업 숫자를 유지하고 있었고, 누군가 전설 직업으로 전직하면 다른 전설 직업이 새로 생기게 되어 있었다.

그런데 아직 하나도 발견이 안 되어 있는 상태니…….

"이쯤이면 슬슬 판타지 온라인 1 랭커 애들 중에서 나올 법

한데. 이세연은?"

"아마 가장 먼저 전설 직업을 찾을 것 같습니다. 스피드가 엄청 빨라요. 벌써 퀘스트를 절반 정도 깼어요."

"그야 그렇겠지. 걔는 천재잖아."

최명성 팀장은 판타지 온라인 1에서 이세연이 보여줬던 모습을 떠올리며 고개를 끄덕였다.

잘 모르는 사람들은 이세연의 외모만을 좋아했지만, 최명성이 감탄한 부분은 그녀의 센스였다.

대장장이 직업으로 랭커를 썰고 다닌 김태현한테 묻혀서 그렇지, 그녀도 새로운 경지의 개척자였다.

일대일 대결에서 취약한 네크로맨서를 분석해 저주 네크로맨서를 발견, PVP에서 명성을 쌓았다.

게다가 김태현한테 이긴 건 그녀였다. 물론 최명성은 그걸 인정하지 않았다. 그는 그 싸움에서 진정으로 이긴 건 김태현이라고 생각했다.

'그런 운은 인정할 수 없어!'

"이세연이 다 깰 거 같지?"

"아마 그렇겠죠."

"네크로노미콘의 후계자를 갖고 가는 건가."

네크로노미콘의 후계자는 네크로맨서 계열 직업 중 가장 위에 있는 전설 직업이었다.

달성 조건도 엄청나게 까다롭고, 깨야 할 퀘스트 분량도 막막할 정도로 방대한 전설 직업.

그러나 이세연은 지금 판타지 온라인 1 때의 길드원들을 데리고 빠르게 퀘스트를 진행하고 있었다.

최명성이나 그 밑 직원들은 네크로노미콘의 후계자라는 전설 직업을 알고 있었지만, 이세연은 그걸 알지 못했다.

단순히 게임 내에서 얻은 정보로 판단을 내리고 나아가는 것이다. 대단한 배짱과 정신력이었다.

"다른 놈들은 전설 직업 찾는 거 포기했나?"

"몇 명 있긴 한데 이세연 아니면 가능성이 너무 적어 보여요. 영웅 직업 정도로 만족하고 레벨 업 하는 랭커들이 대부분이에요."

영웅 직업은 전설 직업보다 훨씬 찾기 쉬웠다.

게다가 전설 직업은 그 성능이 어떨지 너무 랜덤성이 강했다. 기껏 고생을 했는데 영웅 직업보다 못한 직업이 나온다면 그만큼 억울한 일도 없을 것이다.

덕분에 전설 직업에 목숨을 거는 경우는 드물었다.

"이세연이 네크로노미콘의 후계자로 전직하면 너무 독주하는 거 아닐지 모르겠어."

"에이, 그 정도까진 아닐 겁니다. 전설은 아니어도 밝혀진 영웅 직업 보면 꽤 괜찮은 거 많이 나왔어요. 이세연보다 먼저 전직했으니 시간적으로도 유리하고, 그렇게 쉽게 밀리지는 않을 겁니다."

"지금 랭커들이 대충 100 안팎인가."

"영웅 직업 전직한 이름 불러드려요? 도동수는 일단 그림자 춤꾼으로 전직했습니다."

도적 계열 영웅 직업인 그림자 춤꾼은 은신과 기습에 특화된, 매우 좋은 직업이었다.

"도동수? 아. 그 김태현한테 깨진 놈."

그러나 누구도 도동수를 판타지 온라인 1 랭커로 기억하지 않았다.

그는 가장 첫 번째로 김태현한테 깨진 도적 플레이어였던 것이다.

"그런 놈을 왜 말해줘?"

"예? 도동수 정도면 괜찮은 플레이어잖아요."

"일대일 특화 탄 도적으로 대장장이한테 깨진 놈이 무슨……. 아, 김태현은 없냐?"

"김태현은 너무 많아서 문제죠."

"내가 누구 말하는지 알잖아."

최명성은 판타지 온라인 1에서 김태현이 나타났을 때 가장 좋아했던 사람이었다.

그 특유의 센스, 약한 직업을 극한까지 파고들어 강한 직업을 쓰러뜨릴 때 느껴지는 희열!

당연히 판타지 온라인 2를 한다면 뭘 하고 있을지 궁금했다. 그러나 김태현은 오픈 당시부터 보이지 않았다.

"어, 김태현 접속했네요?"

"뭐!? 어디!?"

그는 바로 모니터로 달려갔다. 잘츠 왕국에 표시된 점이 보였다.

"잘츠 왕국? 거기서 시작했어?"

"특이한 거 좋아하잖아요."

"거기 함정으로 만든 지역이잖아? 왜 하필 거기를 골랐대. 거기 그리고 전설 직업도 없지 않아?"

"영웅 직업인 타이럼 레인저 있습니다. 이거 엄청 좋은 직업 아닙니까?"

타이럼 레인저는 궁수 계열의 영웅 직업으로, 영웅 직업 중에서도 아주 좋은 성능을 자랑했다.

"좋긴 해. 김태현은 타이럼 레인저를 해도 잘할 거야. 근접전 센스는 타고났고 에임도 굉장하니까. 근데, 난 안 그랬으면 좋겠는데……."

"예? 왜요?"

"타이럼 레인저는 그냥 평범하게 좋은 직업이잖아. 차라리 전설을 하면 모를까, 영웅 직업은……."

팀장의 말에 태현의 창을 이것저것 확인해 보던 윤주환은 무언가를 발견하고 말했다.

"어, 팀장님. 김태현 창 보셨어요?"

"창? 왜? 아직 레벨 낮아서 봐봤자 별거 없잖아."

"스탯 보세요. 스탯."

최명성은 입을 다물지 못했다.

"……."

"역시 김태현이라고 해야 하나……."

"이 미친놈, 다 행운에만 박을 생각인가!? 아니, 뭔가 이상한데. 레벨 보면 행운에만 박아도 저 정도까지는 안 나오잖아? 뭐야?"

"어, 그러게요. 확인을……. 아. 타이럼 시 근처에 있는 토끼네요."

"응? 그 토끼가 왜?"

타이럼 시 주변의 토끼는 왕국의 난이도를 높인 김에 따라서 높여진 몬스터였다.

초보자들이 눈물을 흘리는 난이도는 그렇게 만들어졌다.

그렇지만 정말로 못 잡을 정도는 아니었고, 어찌어찌 10만 찍으면 다른 왕국으로 가면 됐다. 애초에 그러라고 만들어놓은 곳이었다.

거기서 계속할 자신이 있으면 퀘스트를 깨면 되고.

"타이럼 시 난이도가 워낙 높으니 보상 좀 주기로 했잖습니까."

"아. 토끼발?"

난이도를 높인 대신, 거기서 시작한 사람들은 소소한 이득을 보게 해주었다. 토끼발은 그중 하나였다.

토끼를 잡으면 아주 낮은 확률로 나오는 스탯 상승 아이템.

처음에는 힘이나 민첩 같은 중요한 스탯을 올려주기로 했었는데, 금세 문제점을 발견했다.

그런 식으로 하면 바로 타이럼 시로 플레이어들이 몰릴 것이라는 점이었다.

스탯을 올리는 건 어려운 일이었고, 올릴 수만 있다면 플레이어는 뭐든지 했다.

난이도고 뭐고 고렙들이 다 몰려와서 토끼만 사냥하면 시작 마을의 의미가 없었다.

그래서 떠올린 게 행운이었다.

아주 낮은 확률로 나오는데, 기껏 올려주는 게 행운 같은 스탯이라면?

사람들은 별 관심을 가지지 않을 것이다. 그냥 소소한 이득이라고 생각하고 넘어가겠지. 그게 바로 개발팀이 노린 바였다.

"네. 그 토끼발로 올린 거 같은데요."

"아니, 그게 뭐 얼마나 나온다고? 그거 엄청 안 나오잖아?"

"그…… 레벨 업 하면 스탯을 다 행운에 찍고, 토끼발로 또 행운을 올리고 하다 보니까 계속 행운이 올라가서…… 아이템 드랍률도 계속 올라가는데요……."

"……."

최명성의 입이 다시 벌어졌다. 이게 무슨…….

레벨 업 하면 포인트를 행운에 투자하고, 토끼발로 행운을 올리면 토끼발이 나올 확률이 계속 올라간다.

그리고 나온 토끼발로 또 행운을 올린다. 무한 반복이었다.

"레, 레벨 제한 있잖아? 레벨 제한 안 달아놨어?"

밸런스를 맞추기 위해서 스탯을 힘이나 민첩이 아닌 행운으로 골랐다. 그리고 한 가지 더 있었다.

일정 레벨이 넘어가면 아이템이 나오지 않는 제한.

"달아놨는데, 그때 이거 하면 얼마나 하겠냐고…… 레벨 제한 100으로 해놨는데요."

"100?"

100이 되기 전까지는 계속 토끼발이 나온다는 뜻이었다.

"아, 아무리 그래도 레벨 한 20~30 찍으면 퀘스트 깨러 움직이지 않을까요? 토끼만 잡으려고 이 게임 하는 거 아니잖아요."

"그거야 평범한 놈이면 그렇겠지."

최명성은 침을 삼켰다.

"저놈은 그 김태현이라고."

최명성은 김태현이 판타지 온라인 1에서 대장장이로 이기기 위해 무슨 짓을 했는지 알고 있었다.

결과야 화려하지만 거기까지는 정말로 미친 노가다와 근성의 반복이었던 것이다.

광산에서 금속 하나 찾겠다고 석 달 내내 곡괭이질만 한 놈이었다.

함정 하나 만들겠다고 대장장이의 잔심부름을 여섯 달 동안 들었던 놈이었다.

그런 놈이 레벨 20~30 찍으면 질려서 떠날 거라고?

절대 아니었다.

"레벨 100까지 계속 저거만 잡으면 행운이 얼마까지 오르지?"

"어……. 계산해 봐야 알겠지만 이천은 무조건 넘을 겁니다."

"100에서 스탯 하나가 이천이 넘는다고? 아무리 행운이라지만……."

"어떻게 하죠? 지금이라도 수정할까요?"

"수정하려고 하더라도 이건 바로 할 수 있는 게 아니잖아? 정기 패치 때 아니면 우리도 못 건드려. 인공지능이 괜히 인공지능이겠어?"

"그렇긴 하네요."

"일단 다음 패치 때 수정하자고. 그때까지 너무 막 나가지 않기를 빌자."

말끝을 흐리던 윤주환은 무언가를 깨달은 표정으로 외쳤다.

"아!"

"왜 또? 뭐 문제 있어?"

"아뇨, 아뇨. 아까 잘츠 왕국에 있는 전설 직업 없다고 하셨잖습니까."

"그렇잖아?"

"아니, 그런데 김태현이 이대로 계속 가면 전설 직업 조건을 충족합니다."

"그런 게 있어? 지역 없이…… 아, 아키서스의 화신!?"

최명성은 생각지도 못한 말을 듣고 놀랐다. 아키서스의 화신이라니.

전설 직업들은 대부분 조건이 까다로웠지만 이건 특히 까다로웠다. 사실 그는 아키서스의 화신은 아무도 얻지 못할 것이라고 생각하고 있었다. 그냥 버려지는 전설 직업으로 여겼던 것이다.

"네! 아키서스의 화신이요."

"아니, 아무리 그래도 그건 아니지. 행운이야 그렇다 쳐도 전직을 안 해야 하잖아."

"지금 안 한 상태잖아요?"

"그거야 아마 토끼발로 스탯 올릴 때까지 올리려고 안 하고 있는 거겠지. 전직을 안 할 수는 없어. 아마 할 거야. 김태현이니까 대장장이나 그런 걸로 하겠지. 잠깐만, 행운을 그 정도 찍은 대장장이라면…… 강화 시스템도 바꿔야 하나……."

윤주환은 팀장의 말에 고개를 끄덕였다. 그러나 둘은 알지 못했다. 둘 다 헛다리를 짚고 있다는 것을.

"활 좀 주시죠."

"그, 그렇게 말하면 안 되죠! 아무리 NPC라고 해도 사람처럼 반응한다고요!"

태현이 어거스트에게 가서 다짜고짜 활을 달라고 하자 지수는 놀라서 펄쩍 뛰었다.

그녀가 어거스트에게 말만 걸어도 어거스트는 시큰둥하게 대답했기 때문이었다.

"안녕하세요. 날씨 참 좋죠?"

"흥!"

"안녕하세요. 토끼 잡았는데 혹시 어디서 파는지 물어봐도 되나요?"

"안 된다."

"안녕하세……."

"귀찮으니 저리 가라!"

이게 무슨 초보자를 도와주기 위한 NPC인지 초보자의 혈압을 올리기 위한 NPC인지 구분할 수가 없었다.

지수는 눈을 질끈 감았다. 또 어거스트가 화를 낼 거라고 생각한 것이다.

"하하! 역시 자네답군! 그래, 내가 인정한 남자라면 그런 패기가 있어야지!"

"……!?"

"활이 필요하다고? 활이 필요하다고 하는 걸 보니 타이럼 사냥꾼으로 마음을 굳힌 모양이군?"

<희귀 직업-타이럼 사냥꾼 전직 퀘스트>

사냥꾼 어거스트는……

"아, 안 해요. 안 해."

지수는 다시 한번 놀랐다. 이건 분명히 직업 전직 퀘스트인데?

"왜, 왜 거절해요?"

"타이럼 사냥꾼 하기 싫어."

"일반이에요? 보통 저렇게 NPC가 제시하는 거면 희귀 직업이지 않아요?"

"희귀 직업이야. 근데 싫어."

"영웅 직업 노리는 거예요? 너무 불확실하잖아요!"

"영웅 직업 노리는 거 아니야. 그리고 넌 네 앞가림이나 해라."

태현의 말에 지수는 얼굴을 붉혔다.

"타이럼 사냥꾼은 보아하니 궁수 계열 직업 같은데, 하고 싶어? 조건은 그다지 어렵지 않아. 어거스트가 성격이 더럽긴 한데, 결국 끈기 있게 매달리면 되거든. 무슨 필요한 일 있는지 물어본 다음, 계속 해결해 주면 친해질 거다."

노가다!

뭐든지 해결할 수 있는 마법의 단어였다.

판타지 온라인 1에서 대장장이로 랭커들을 꺾고 다닌 것도 결국 노가다가 그 배경에 있었기 때문이었다.

"저, 저한테 도움이 될까요?"

"타이럼 사냥꾼? 일반 궁수보다는 낫지 않을까? 일단 희귀 직업이잖아. 판타지 온라인의 직업은 딱 이렇다고 할 수는 없지만 대체로 일반보다는 희귀가 더 쓸 만하니까……."

"그러면 한 번 해볼게요!"

"그러든가."

태현은 별 관심 없이 말했지만 지수는 감명을 받은 모양이었다. 활과 화살을 받은 지수는 시위를 튕겨 보았다. 그 폼이 꽤나 익숙해 보여서 태현은 살짝 놀랐다.

"활 쏴본 적 있어?"

"네. 부 활동해서요."

"부 활동에 양궁부 있는 곳 드물지 않나?"

태현은 고개를 갸웃거렸다. 뭐, 상관없었다. 익숙하면 좋은 거겠지.

"화살 갖고 몇 발 쏴본 다음 실전에 들어가 보자."

"저…… 감사합니다."

"응?"

"이렇게 챙겨주셔서요. 다른 사람들은 그냥 저 컨트롤 못하는 거 보면 욕하고 가시던데……."

"내 눈에는 너나 다른 사람들이나 다 같이 못하는 걸로 보인단다. 그리고 난 컨트롤 못하는 사람한테 친절해. 불쌍하잖아?"

"……."

어쨌든 간에 태현은 그녀에게 잘해주고 있었다. 그녀를 미소년이라고 착각하고 있는 것만 빼면. 타인에게 저렇게 친절하게 대하는 사람도 드물었다.

"저, 제가 레벨 10이 되면 파티는 끝인가요?"

"응? 파티 하고 싶으면 해도 상관은 없는데. 너한테 안 좋을 거야."

"네? 왜요?"

"난 여기서 계속 토끼 잡을 거거든."

"……?"

지수는 이해가 가지 않는다는 표정으로 태현을 쳐다보았다.

"여기 토끼를요?"

"그래. 여기 토끼를."

"왜요?"

"스탯 작업 좀 하느라. 근데 솔직히 효율적이지는 않아. 그러니까 괜히 나 따라하지 말고, 다른 곳으로 가서 정석적인 레벨업 하는 게 좋을 거야."

"기, 기다렸다가 같이할게요."

"뭐?"

"토끼를 계속 잡지는 않으실 거잖아요?"

"그건 그렇지."

토끼한테서 더 이상 토끼발이 나오지 않으면 다른 곳으로 이동할 생각이었다.

"그때까지 다른 곳에서 사냥하고 있다가, 그때 되면 제가 도와드릴게요! 그때 되면 제가 더 레벨 높을 테니까!"

태현은 지수를 빤히 쳐다보았다. '네가 아무리 레벨 높아도 네 도움을 받지는 않을 것 같은데'나, '난 혼자 플레이하는 게 좋은데' 같은 말은 저 순진무구하고 초롱초롱한 눈동자를 보니 잘 나오지 않았다.

'잘생긴 놈은 이래서 편하다니까.'

아마 바람 부는 가을에 나뭇잎 떨어지는 나무 밑에 의미심장한 눈빛으로만 서 있어도 여자애들이 환호성을 지를 것이다.

그에 비해 태현은 겉모습만 보면 불량배 역할에 가까웠다. 얼굴과 덩치가 딱…….

"알겠어. 미소년. 같이하자 이거지?"

"미, 미소년이 아니라 지수예요."

"그래. 지수. 잠깐. 친구들은?"

"친구들은 게임 많이 하지도 않고…… 꼭 걔네들하고만 같이 해도 되는 건 아니니까요!"

"너 걔네들이랑 같이하려고 시작했다고 하지 않았냐? 뭐, 상관없나. 알겠어. 일단 활부터 쏘러 가자고. 스킬창 켜봐."

태현은 말과 함께 본인의 스킬창도 켰다.

판타지 온라인은 스탯도 중요하지만 스킬도 중요했다.

기본 스킬, 특정 직업만 배울 수 있는 직업 전용 스킬, 특정 퀘스트로 배울 수 있는 퀘스트 전용 스킬, 기본적으로 갖고 시작하는 일반 스킬…… 분류는 다양했다.

초급 검술 3 (15%)

초급 요리 1 (14%)

초반인 데다가 한 게 별로 없어서 기본 스킬은 한정적이었다.

'요리가 기본 스킬이긴 한데…… 왜 오른 거지? 아, 토끼발 요리한 거 때문에?'

<요리: 각종 조리로 식재료를 음식으로 만드는 스킬. 레벨이 높아질수록 다양한 요리가 가능해진다.>

판타지 온라인 1에서 스킬은 태현의 밥줄이었다. 대장장이라는 직업을 고른 탓에, 남들보다 우위에 서기 위해서는 스킬 숙련도를 더 높일 수밖에 없었다.

기본 검술을 정말 미친 듯이 올리고, 그가 익힐 수 있는 스킬이란 스킬은 다 익히고 숙련도를 올렸다.

그 노가다를 생각하니 속이 쓰려졌다.

이번 2에서도 그만큼은 해야 할 것 같았다. 게다가 전직도 안 할 생각이었으니 더더욱.

'요리, 검술. 좀 올려놔야겠군. 요리를 할 곳 있나?'

요리는 얼핏 보면 별로 쓸모가 없어 보였지만, 후반으로 가면 매우 강력한 스킬이었다.

요리로 만들어진 음식은 일시적인, 혹은 영구적인 버프를 주었다. 이런 요리를 만들 수 있는 요리사는 어느 길드나 데려가고 싶어 했다.

판타지 온라인은 제작 직업들도 충분히 밀어주는 게임이었던 것이다.

태현이 생각에 잠긴 동안 준비를 끝낸 지수가 입을 열었다.

"켰어요."

"활 들어서 몇 발 쏴봐. 아마 궁술이 생길 거야."

"생겼어요!"

"좋아. 가자고. 나 맞추지 마라?"

"안, 안 맞출 거예요. ……아마."

♣

태현은 다시 놀랐다.

이번에는 긍정적인 의미로.

"너……도 재주가 있었구나?"

빠르게 뛰어다니는 토끼의 눈을 정확히 맞추다니!

치명타가 터졌다는 알람을 본 지수는 그녀도 놀란 것 같았다.

"저, 저도 놀랐어요."

"잘됐네. 적성 찾았으니까. 어거스트한테 가자."

"네?"

"가서, 뭐 부탁할 거 없냐고 물어봐. 나야 토끼 학살하고 다니면서 친밀도 강제로 쌓아진 거지만, 너는 그렇게 할 필요 없잖아. 퀘스트 깨면서 친해져."

"네!"

어거스트는 지수를 보자 얼굴을 찌푸리고, 태현을 보자 얼굴을 풀었다.

"무슨 일이지?"

"도와드릴 일이 없을까 싶어서 왔습니다."

"오! 마침 잘됐군. 도시 밖에 요즘 늑대가 들끓는다고 말이 많네. 우리 타이럼 사냥꾼들에게 퇴치해 달라고 요청이 들어왔지. 앗, 그러고 보니 자네도 훌륭한 타이럼 사냥꾼의 자격이 있는 사람이었지?"

<희귀 직업-타이럼 사냥꾼 전직 퀘스트>

사냥꾼 어거스트는…….

"아, 안 한다니까!"

"자네가 부정하고 있지만 자네는 이미 훌륭한 타이럼 사냥꾼이야! 누가 여기서 이만큼 토끼를 사냥하겠나! 시민을 생각하는 희생정신! 그야말로 타이럼 사냥꾼!"

행운 올리려고 했던 짓이 이렇게 귀찮아질 줄은 몰랐다. 태현은 한숨을 푹푹 내쉬었다. 그걸 또 지수는 존경의 눈빛으로 보고 있었다.

"가자. 늑대 잡으러."

<늑대 사냥>

어거스트는 신뢰하는 당신에게 늑대 사냥을 맡기려고 한다. 타이럼 사냥꾼에게 들어온 의뢰를 당신한테 부탁했다는 건 그가 당신을 신뢰한다는 증거. 실패하거나 게으르게 처리할 경우 어거스트가 많이 실망할 것이다.

늑대: 0/20

퀘스트 보상: 어거스트의 친밀도 증가, ???

'???'로 뜬 건 아마 적은 양의 은화나 초보자용 아이템일 것이다.

친밀도에 따라주는 게 달라지니까.

'그나저나 이렇게 친밀도 올리다가 나중에 강제 전직되는 거 아니야?'

강제로 전직시키게 될 것 같으면 바로 친밀도를 깎는 한이 있더라도 깽판을 칠 생각이었다.

'아니, 차라리 지금 하는 게 나으려나…… 얘가 있어서 안 되겠군.'

퀘스트를 고의로 실패하는 건 아무리 생각해도 해가 많았다. 게다가 그뿐만 아니라 지수한테까지 피해가 가는 것이다.

"일단 늑대가 너한테 만만한 상대는 아닐 텐데, 레벨 업 좀 하고 가자. 10 넘어서 전직해도 괜찮지?"

"네! 희귀 직업인데 그 정도는 당연하죠!"

지수는 태현이 하라는 대로 할 생각이었다. 태현은 고개를 끄덕이며 말했다.

"그러면 넌 거리 두고서 토끼 맞춰라. 혹시 너한테 달려가는 놈 있으면 소리 질러."

지수는 감동받은 얼굴로 고개를 끄덕였다. 이게 파티 플레이의 즐거움이구나.

[치명타가 터졌습니다!]

[치명타가 연속으로 터졌습니다! 데미지가 중첩됩니다!]

"어…… 다른 토끼 쏠까요?"

태현은 민망한 표정으로 고개를 저었다. 치명타가 너무 자주 터지고 있었다. 토끼가 강하기는 했지만 저레벨 몬스터였다. 치명타가 연속으로 터지면 지수가 활을 쏘기도 전에 죽어버렸다.

"아니. 내가 좀 살살 때려볼게."

"그런 게 가능해요!?"

"급소 아닌 곳을 때리면 되지 않을까?"

안 됐다.

[치명타가 연속으로 터졌습니다! 데미지가 중첩됩니다!]

"젠장!"

몬스터도 급소가 있었다. 토끼 같은 건 급소가 뻔하니 급소 부분을 때리면 치명타 확률이 높아졌다.

문제는 워낙 행운이 높다 보니, 급소 아닌 부분을 일부러 골라 때려도 치명타가 터지는 것이다.

"제가 먼저 해볼게요."

"그래. 그래야겠다."

태현은 지수 옆에 섰다. 그녀가 먼저 쏜 다음, 그녀를 공격하는 토끼를 잡는 것이다.

근접전은 정말 아니었지만, 지수는 꽤나 솜씨가 괜찮았다. 어지간해서는 토끼가 접근하기도 전해 쏘아서 끝을 냈다.

'얘 진짜 잘 쏘네. 현실에서 양궁 선수 유망주 같은 건가?'

태현도 눈이 있었다. 이런 실력은 흔하지 않다는 걸 알고 있었다.

"왜, 왜 그렇게 보세요?"

"잘 쏴서."

지수는 얼굴을 붉히고 고개를 숙였다. 그걸 본 태현이 지수의 등을 쳤다.

"미소년 얼굴로 그러지 마. 부럽잖아."

"미, 미소년 아닌……."

"그런 얼굴로 수줍은 표정을 짓다니. 벌써부터 이미지 관리하는 거야? 응? 나중에 아이돌 데뷔해서 누나 팬들 좀 모으겠다 이거야?"

"아, 아니거든요!"

레벨 10까지는 무난했다. 사냥하는 법만 알면 올리기는 쉬웠다.

'스탯창.'

이름: 유지수

레벨: 10

직업: 백수

HP(체력): 195

MP(마력): 190

힘: 10, 민첩: 45

체력: 20, 지혜: 10

행운: 10

보너스 스탯: 0

이름: 김태현

레벨: 18

직업: 백수

HP(체력): 270

MP(마력): 270

힘: 10, 민첩: 10

체력: 10, 지혜: 10

행운: 480

보너스 스탯: 0

지수의 스탯은 평범했다. 궁수 계열을 노리고 있다면 모범적인 배치였다.

그에 비해 태현의 스탯은 변태스러움의 끝을 달리고 있었다.

레벨 18에 전직도 안 했고, 거기에 행운은 500을 바라보고 있었다.

"저 토끼발이 뭐죠?"

"응? 행운 올려주는 거야. 복용해."

"행운 올려주는 거면 오빠…… 아니, 형 드릴게요. 저 많이 도와주셨잖아요."

"까불지 말고 너나 복용해. 대가 받으려고 도와준 거 아니다. 아. 날로 먹지는 말고. 꼭 요리해서 먹어."

"……!"

태현은 지수가 반짝이는 눈빛으로 그를 쳐다보자 살짝 부담스러워했다. 이 자식 이거, 왜 이렇게 눈빛을 빛내며 쳐다봐?

'그러고 보니 친구들도 내버려 두고 나랑 같이 파티하자고 하고……. 이 자식 설마 그런 취향은 아니겠지.'

지수가 웬만한 여자들은 빰칠 정도로 예쁘장하게 생겼지만, 태현은 어디까지나 여자를 좋아했다.

"좋아. 준비 끝났으니까 늑대 잡으러 가자. 바로 죽지는 않겠지."

"괜찮을까요?"

토끼한테 계속 죽었던 지수는 아직 완전히 두려움이 가시지 않은 것 같았다.

"레벨 10이면 괜찮을 거야. 거기서 힘든 퀘스트를 어거스트가 주지는 않았겠지. 게다가 너 전직도 해야 하는데 더 레벨 올리면 좀 골치 아파져. 결정했으면 전직은 가능한 빨리하는 게 좋거든. 레벨 올리면 올릴수록 레벨 업 하기 힘들어지는데 얻을 수 있는 스킬 같은 거 날리잖아."

"네!"

산속으로 올라가자 금세 주변이 어두컴컴해졌다. 아직 한낮인데도 워낙 숲이 무성한 탓이었다.

지수는 긴장한 듯이 침을 삼켰다. 이런 걸 보면 정말 현실감 넘치는 게임이었다.

"안, 안 떨리세요?"

"뭐, 죽으면 다시 하면 되니까. 게임이잖아."

"그렇긴 하지만……."

푸학!

소리가 들리자마자 태현은 지수를 잡고 뒤로 밀었다. 소리가 난 곳과 반대 방향이었다.

방금까지 떠들고 있었다고는 생각되지 않을 정도로 민첩한 움직임이었다.

그리고 바로 검을 휘둘렀다.

캉!

늑대의 이빨에 검이 막혔다. 태현은 황당하다는 듯이 외쳤다.

"어거스트 이 자식, 이런 놈을 20마리 잡으라고 한 거야!?"

태현이 설렁설렁 걷는 것 같아 보였지만, 전혀 아니었다. 그는 완벽하게 주변을 경계하고 있었다.

그런데 갑자기 옆에서 튀어나왔다는 건 늑대가 은신 스킬 비슷한 걸로 숨어 있었다는 이야기였다.

그런 스킬을 가진 늑대를 20마리 잡으라니.

역시 잘츠 왕국의 타이럼 시. 괜히 게시판에서 욕을 먹는 게 아니었다.

"에잇!"

지수는 바로 화살을 뽑아서 빠르게 쏘았다. 화살은 늑대의 발을 정확히 꿰뚫었다.

[스킬, '정교한 사격'을 얻었습니다! 원하는 부위를 노릴 수 있습니다!]

[발을 꿰뚫린 늑대의 움직임이 느려집니다!]

"잘했어!"

태현은 검을 들고 휘두르듯이 돌렸다. 늑대의 입에서 검이 빠져나오더니 그대로 콧잔등을 후려쳤다.

[치명타가 터졌습니다!]

깨갱! 깨개갱!

늑대가 동네 똥개 같은 소리를 내며 비명을 질렀다. 놈의 눈에 붉은 기운이 돌더니, 냅다 태현의 어깨를 물어뜯으려 했다.

물론 그런 공격에 맞을 태현이 아니었다. 태현은 공격을 했을 때부터 늑대의 동작을 눈에 넣어두고 있었다.

'피한다!'

아슬아슬하게 피하자 늑대의 복부가 드러났다. 태현은 바로 검을 찔러넣었다.

[치명타가 연속으로 터졌습니다! 데미지가 중첩됩니다!]

'원래 이렇게 치명타가 잘 터졌었나?'

태현은 의아해했지만 몸은 바로 움직였다. 늑대는 데미지가 컸는지 도망치지 못하고 비틀거렸다.

푹!

"퀘스트창 확인."

<늑대 사냥>

어거스트는 신뢰하는 당신에게 늑대 사냥을 맡기려고 한다. 타이럼 사냥꾼에게 들어온 의뢰를 당신한테 부탁했다는 건 그가 당신을 신뢰한다는 증거. 실패하거나 게으르게 처리할 경우 어거스트가 많이 실망할 것이다.

늑대: 1/20

퀘스트 보상: 어거스트의 친밀도 증가, ???

먼저 늑대를 발견할 일이 없으니 이렇게 돌아다니면서 몸으로 때워야 했다. 태현은 머리를 긁적이며 생각에 잠겼다.

'이거 재가 먼저 당하면 골치 좀 아프겠는데…….'

지수가 활을 잘 쏘고 있다지만 그건 어디까지나 태현이 앞에서 막아주고 있어서였지, 근접전으로 가게 되면 지수는 끝장이었다.

"꼼수를 좀 써야겠다."

"꼼수요?"

"그래. 늑대가 은신 스킬이 있는 모양인데, 그거 찾아내려면 지금 우리로는 무리고……."

"저 매직아이 잘하는데."

"그거로는 당연히 안 되지! 장난해? 찾기보다는 그냥 불러 모으는 게 낫겠어."

이제 지수는 태현에게 농담도 할 정도였다. 태현은 늑대의 시체에 다가갔다.

[늑대 가죽을 얻었습니다.]

[타이럼 사냥꾼의 강철 단검을 얻었습니다.]

"응?"

늑대가 타이럼 사냥꾼의 강철 단검을 갖고 있다니. 이건…….

"깊게 생각하지 말자. 누군가 떨어뜨린 걸 주웠을 수도 있잖아? 꼭 늑대가 타이럼 사냥꾼을 죽이고 뺏었다는 보장은……."

<타이럼 사냥꾼의 강철 단검>

당신은 죽은 늑대에게서 타이럼 사냥꾼의 강철 단검을 찾았다. 타이럼 사냥꾼들은 은혜를 중요시한다. 물건의 주인을 찾아준다면 그들이 고마워하리라.

퀘스트 보상: 타이럼 사냥꾼 집단의 친밀도 증가, ???

"이거 무슨 퀘스트예요?"

"돌발 퀘스트지. 음. 원래 집단 친밀도 올리는 게 쉬운 일이 아니긴 한데…….”

특정 지역, 특정 몬스터를 잡았을 때 생기는 퀘스트. 보상을 보면 깰 만한 가치는 있었다.

‘대충 친밀도 올려주고 토끼 더 잡으려고 했는데…….’

“저, 귀찮으시면 그냥 저 혼자 해도 돼요!”

지수가 눈치를 보고 그렇게 말하자 태현은 지수를 쓰다듬으며 머리카락을 헝클어뜨렸다.

“눈치는 이상하게 좋아가지고. 됐어. 같이 깨자. 타이럼 사냥꾼 친밀도 올라가면 편하기는 할 거야. 일단 늑대부터 다 잡고 가야 하겠는데…….”

태현은 늑대 사체를 단검으로 도려내기 시작했다.

[늑대 고기를 얻었습니다.]

[늑대 고기를 얻었습니다.]

[도축 스킬을 얻었습니다.]

도축 스킬은 몬스터에게서 재료를 얻어내는 스킬이었다. 이것도 역시 높여두면 좋았다. 이 스킬이 높지 않으면 얻지 못하는 아이템도 있었으니까.

물론 지금은 스킬이 낮아 별다른 효과를 보지 못했다. 그래도 태현은 능숙한 칼질로 고기를 분리해 냈다. 피가 뚝뚝 떨어지는 늑대 고기를 본 지수는 질색하며 물러섰다.

"그걸 왜 잘라낸 거예요?"

"미끼로 쓰려고. 피 냄새가 나면 아무래도 좀 오겠지?"

태현은 주변을 두리번거리며 이동했다.

"좋아. 이 정도면 되겠지."

"저기, 그런데요."

"왜?"

"피 냄새 풍기면 몬스터가 많이 몰려오지 않을까요?"

"걱정 마. 판타지 온라인은 레벨이 낮은 몬스터는 그만큼 지능도 낮거든. 무리로 몰려오지는 않아. 게다가 가만히 있는 게 아니라 계속 움직일 테니까, 기껏 해봤자 두세 마리 정도겠지."

그러나 태현은 한 가지 잊고 있었다.

여기는 타이럼이었고, 밸런스가 잘못 맞춰진 곳이었다는 것을.

"어……."

"왜 그래? 걱정할 거 없다니까."

"아니, 저거…… 늑대 아니에요?"

저 멀리, 나무들이 없는 곳에서 붉은 점들이 보였다. 늑대들의 눈동자였다. 수십 마리는 되는 것 같았다. 지나치게 빠른 속도였다.

태현은 그가 여기 수준을 착각하고 있었다는 걸 그제야 깨달았다.

"이런 젠장."

"어, 어쩌죠!?"

"싸우는 것보다는 그냥 빠져나가야겠다. 숲을 나가서 내려가면 타이럼 안에 있는 사냥꾼들 도움을 받을 수 있을 테니까."

만약의 상황을 대비해 도망칠 길을 준비한 상태였다.

다행히 아직 거리가 있었다.

"한두 마리 정도라면서요!?"

"원래 저레벨 몬스터들이 이렇게 빨리 쫓아오지는 않는데. 어떤 놈들이 설정을 한 건지……."

태현은 앞으로 타이럼 주변의 몬스터들은 무조건 한 단계 높게 평가해야겠다고 다짐했다.

"정교한 사격!"

"……!"

달리면서 뒤로 돌아 화살을 쏘아 늑대의 발을 꿰뚫다니. 태현은 혀를 내둘렀다.

"야. 너 진짜 잘 맞추는데?"

"헤헤……."

"근데 지금은 뛸 시간이야. 뛰어!"

태현은 늑대 중 몇 마리가 울부짖는 소리를 듣고 인상을 찌푸렸다.

"이거……."

"저거 왜 우는 거예요?"

"신호 보내는 거 같은데."

숲을 빠져나와 산을 내려가면 바로 도시의 입구로 달려나갈 수 있었다. 늑대들도 그걸 아는 것 같았다.

"쯧."

늑대들이 앞을 막는다면 포위당하게 됐다. 태현은 혀를 찼다. 어차피 죽는다고 하더라도 페널티는 없었다. 전직도 하지 않은 데다가 레벨도 낮았으니까.

그래서 조금 안일하게 행동하기는 했지만……. 아무리 생각해도 타이럼 주변의 몬스터 난이도는 이상했다.

"혹시 이런 상황도 예측했어요?"

"설마 이렇게까지 꼬일 줄은 몰랐는데. 도망칠 길까지 막히면 옆으로 난 저 길로 빠져나가려고 했지."

"저 길로요?"

지수가 질린 표정으로 태현이 가리킨 곳을 쳐다보았다. 말이 '길'이었지 그냥 비탈진 절벽에 가까운 곳이었다.

"그래야 몬스터가 못 막고 있을 거 아니야. 저기도 막히면 그냥 죽고 도시에서 부활하자."

지금 상황을 보면 저 길에 뭐가 있어도 놀랍지 않을 것 같았다. 지수는 긴장한 얼굴로 고개를 끄덕였다.

'너무 가까이 붙은 건 처리하면서 움직이는 게 낫겠군.'

늑대들도 다 같은 속도로 움직이는 건 아니었다. 태현은 빠르게 방향을 돌려 가장 앞에 있는 늑대의 눈을 노렸다.

정신없는 상황이었지만 단련된 태현의 몸은 침착하게 늑대의 급소를 노렸다.

[치명타가 터졌습니다!]

"그렇지!"

이 상황에서 터지지 않는다면 행운을 올리는 이유가 없었다. 태현은 바로 늑대의 턱을 걷어찼다.

[치명타가 터졌습니다!]

"이것도!?"

이건 단순히 견제를 위한 공격이었는데. 늑대가 피를 흩뿌리며 쓰러졌다. 뒤에 늑대들이 달려오는 걸 보며, 태현은 급히 빠져나가기 시작했다.

다행히 거리가 어느 정도 있어서 돌아서 빠져나가면 무사히 산 밑으로 내려갈 수 있을 것 같았다.

푹!

"……?"

태현과 지수는 서로를 쳐다보았다. 둘이 디디고 있던 바닥이 푹 꺼진 것이다.

"으아아아아아!"

지수가 비명을 지르며 태현을 껴안았다. 아래로 떨어지면서 태현은 혀를 찼다.

'낙하 데미지가…… 괜찮으려나?'

잘못하면 떨어지자마자 죽을 수 있었다.

[던전: 타이럼 앞산의 지하동굴에 입장하셨습니다. 당분간 로그아웃이 제한됩니다. 로그아웃 시 던전에서 강제로 퇴장당하며, 페널티가 부여됩니다.]

CHAPTER 3

콰!

데미지는 없었다.

밑에 푹신푹신한 건초더미가 깔려 있었던 것이다. 태현은 위를 올려다보았다.

거대한 구멍이 함정처럼 나 있었다. 어떤 놈이 저런 걸 만든 건지 알 수 없었다.

"어, 어떻게 된 거죠?"

"저기가 던전 입구였나보다. 여기 진짜 난이도가……."

둘 다 레벨 20 이하. 물론 그 레벨로도 깰 수 있는 던전도 있었지만, 타이림 주변의 던전은 그럴 것 같지 않았다.

보통 던전은 이런 식으로 입구를 만들지 않았다. 게다가 저

레벨 던전이라면 더더욱.

NPC한테 정보를 듣고, 그 길을 따라가다 보면 누구나 던전 입구라는 걸 알 수 있듯이 크고 널찍하게 나 있는 것이 보통이었다.

그래야 초보자들은 들어가기 전에 마음의 준비를 하고 전략을 짜고 파티를 모으고……. 하여튼 온갖 준비를 다할 수 있으니까 말이다.

이런 식으로 갑작스럽게 함정처럼 떨어지는 건 고레벨 던전, 그것도 위험한 구역에서나 일어나는 일이었다.

'개발진 이 인간들 진짜 타이럼에 뭐 원한이라도 있는 거 아냐?'

시작하기 전에 '타이럼 시에서 시작하는 플레이어들은 모두 엿 먹어라!'라는 말을 들은 게 아니었다면 이런 밸런스는 납득이 가지 않았다.

♣

"어!? 팀장님! 김태현이 던전 들어갔어요!"

"던전 들어갈 수도 있지. 왜 호들갑이야?"

"아뇨, 아뇨. 일반 던전 말고요! 타이럼 레인저의 무덤이요!"

"뭐? 거기를 벌써 들어갔다고!? 어떻게!?"

아무리 김태현이라고 해도 지금 앞에서 토끼만 잡다가 던전에 들어갔다는 게 믿기지 않았다.

게다가 타이럼 레인저의 무덤은 일반적인 조건으로는 매우 찾기 힘들었다.

원래라면 타이럼 사냥꾼들과 매우 친해진 다음, 그들에게서 실종된 동료의 이야기를 듣고, 그 실종된 동료의 유품을 찾고…….

하여튼 몇 단계의 사전 퀘스트를 진행하고 나야 던전 입구로 추정되는 곳을 발견할 수 있었다.

함정 형식의 입구였지만, 당연히 누군가가 산을 돌아다니다가 조건도 달성하지 않고 떨어지면 의미가 없어지니 공을 기울였다.

아주 희박한 확률이 아니면 바닥이 꺼지지 않는 것이다.

어차피 정보를 알고 있는 사람은 입구 위에서 바닥을 부술 테니까.

하지만 그들은 태현처럼 행운에만 스탯을 올인한 사람이 그 위를 걸어갈 거라고는 생각지도 못했다.

"아니. 행운 때문에 저렇게 된 거야? 아오, 진짜……."

최명성은 머리를 벅벅 긁으며 투덜거렸다. 힘이나 민첩 같은 스탯들과 달리, 행운은 그들도 아직 완전히 알지 못하는 스탯이었다.

인공지능이 자체적으로 게임 시스템을 만들고 돌리다 보니 어쩔 수 없었다.

일어나는 일이나 확률에 어느 정도 영향을 끼칠 수 있다는 것 정도만 알고 있을 뿐.

"어, 잘된 거 아닙니까?"

"뭐가?"

"여기 타이럼 레인저로 전직 가능한 곳이잖아요. 만약 김태현이 타이럼 레인저로 전직하면 더 이상 타이럼 앞에서 토끼만 잡고 다니는 짓은 안 하지 않겠습니까?"

"음……."

최명성은 생각에 잠겼다. 과연 어떨까?

일단 이 던전의 난이도를 봤을 때, 저 둘의 능력치로 깨는 건 어려워 보였다.

원래라면 레벨이 더 높은 궁수 계열 직업들이 상위 직업을 얻기 위해 깨는 퀘스트 던전이었으니까.

그렇지만 상대는 김태현이었다.

'김태현이라면 깰지도 몰라.'

만약 깬다면? 타이럼 레인저로 전직할까?

"평범하게 강한 직업이라 싫은데……."

"아니, 지금 팀장님 취향 문제가 아니잖아요! 저 토끼만 계속 잡아서 행운 수치가 진짜 초월하면 어떡하려고!"

"그러면 그런대로 재밌겠지. 우리 인공지능을 좀 믿어보자. 알아서 잘할 거야. 원래 한 명이 독주하면 또 다른 사람이 나오고 그러는 게 게임이야. 그런데 진짜 타이럼 레인저로 전직하나? 초반에 영웅 직업 얻는 기회가 그렇게 흔한 건 아니니까

할 거 같긴 한데……."

아쉬움에 최명성은 입맛을 다셨다. 김태현은 뭔가 좀 더 변태 같은 직업으로 변태 같은 플레이를 해주기를 원했다.

아니면 차라리 아키서스의 화신 같은 전설 직업을 얻어버리던가.

"그나저나 파티로 움직이네요? 이 옆에 있는…… 여자애죠?"

"어. 여자 맞아. 캐릭터 만들 때 얼굴 좀 건드렸네."

"잘생기고 예쁜 사람들은 억지로 얼굴 건드려도 모양이 되니까 참 치사해요. 그렇죠?"

"나한테 동의 구하지 마. 난 그런 거 모른다고."

판타지 온라인 2는 시작할 때 외모를 완전히 뒤바꿀 수는 없어도 알아보지 못하게 살짝살짝 수정 정도는 가능했다.

보아하니 유지수란 플레이어도 그런 식으로 수정한 것 같았다.

워낙 원래 얼굴이 예쁘다 보니 남자처럼 보이게 수정을 해도 미소년처럼 되어버렸지만.

남자처럼 보이게 수정하거나 여자처럼 보이게 수정하는 플레이어가 한둘이 아니니 별로 신경은 쓰이지 않았다. 신경이 쓰이는 건 김태현 쪽이었다.

"파티 플레이 안 하는 놈이 무슨 마음의 변화가 있었기에 파티 플레이를 하지?"

"파티 플레이를 아예 안 했나요?"

"가끔 하긴 했는데 기본적으로 혼자서 움직이는 놈이었지. 그래서 더 좋았고."

다른 랭커들은 다 길드다 뭐다 세력을 모아서 움직였지만, 김태현은 친구 몇 명을 빼고서는 혼자서 뛰었다.

그런 고독한 늑대 같은 점이 매력이었는데.

"뭐…… 좀 더 지켜보자고. 아무리 김태현이라고 해도 던전 난이도가 있으니 못 깰 수도 있어."

☘

"던, 던전이면 갑자기 몬스터 나오고 그러는 거 맞죠?"

"그렇겠지."

처음 들어오는 던전에 지수는 잔뜩 얼어붙어 있었다. 게다가 그 던전은 제대로 준비도 하지 못한 상황에서 들어온 던전.

"좋게 생각하자. 기회일 수도 있어."

"……함정에 떨어져서 들어온 던전이 어떻게 기회에요?"

"원래 이런 식의 비밀 던전은 찾기 힘들어. 찾으려면 퀘스트 깨고 노가다 좀 해야 해. 그런데 우리는 바로 들어왔잖아. 어떻게 보면 운이 좋은 거지."

"준비 하나도 못하고 들어와도 괜찮아요?"

"사실 그게 문제긴 해."

"……"

"뭐, 일단은 긍정적으로 생각하자. 너나 나나 죽어도 별로 페널티 없잖아?"

"너무 긍정적인 거 아니에요!?"

태현은 턱을 긁적이며 앞으로 걸어갔다. 다행히 벽마다 횃불이 타오르고 있어서 앞은 볼 수 있었다.

'이런 식으로 배려해 주니까 더 무서운데.'

컨트롤은 자신이 있었다. 하지만 지금 태현의 스탯은 객관적으로 봤을 때 너무 극단적이었다.

행운을 제외한 나머지는 전부 형편없는 상태였으니, 범위 공격 하나만 맞아도 끝장이었다.

몬스터의 평범한 공격은 컨트롤로 피한다고 쳐도 주문이나 범위 공격이 들어오는 순간 대처할 방법이 없는 것이다.

"으, 어떤 몬스터가 나오는지 알기라도 하면 낫겠는데요."

"여기는 고블린이 나와."

"네? 그건 어떻게 알아요?"

지수는 놀란 눈으로 태현을 쳐다보았다. 태현이 그녀와 달리 꽤나 게임에 경험이 많은 플레이어라는 건 알고 있었다.

그래도 그렇지, 처음 본 던전에서 나올 몬스터가 어떤 몬스터인지 바로 알아맞히다니?

"여기 쓰여 있잖아."

[고블린 주의!]

벽에 떨리는 글씨체로 크게 써져 있었다. 지수는 떨떠름한 표정으로 고개를 끄덕였다.

“아, 네……. 쓰여 있네요…….”

“고블린이면 함정이 나올 텐데. 이거 골치 아프네.”

“네?”

“우리는 도적이 없잖아. 너나 나나 둘 다 아직 전직하지 못한 상태고.”

고블린은 판타지 온라인 1에서부터 함정으로 악명이 높았다.

레벨이 높은 고블린은 정말 욕이 나올 정도로 짜증 나는 함정들을 사용했다.

이런 것들을 잡아내기 위해서는 도적이나 대장장이 같은 함정 관련 직업이 필요했다.

물론 태현이나 지수는 둘 다 아니었다.

“미리 주의하면 안 될까요?”

“주의야 하겠지만 그것도 한계가 있어서……. 레벨 낮고 함정 발견 레벨이 없잖아. 난이도가 조금만 높아도 찾기 힘들걸.”

태현은 그렇게 말하면서도 꼼꼼하게 바닥을 훑어보았다.

턱!

"응?"

지수가 울상을 짓고 있었다. 그녀의 발밑을 보니 무언가 움푹 들어가 있었다.

"뭐 밟았냐?"

"네……."

쾅!

벽이 열리더니 안에서 불꽃이 뿜어져 나왔다. 태현의 위치는 전부 맞아야 하는 위치였다.

[함정이 발동되었습니다.]

[회피에 성공했습니다.]

[회피에 성공했습니다.]

[회피에 성공했습니다.]

[회피에 성공했습니다.]

"……?"

태현은 스스로를 내려다보았다. 지금 상태에서 저런 함정을 맞았다면 바로 죽거나 적어도 죽기 직전까지 가야 했는데?

하나도 다치지 않았다.

"야! 아무래도 저건 이상하잖아!? 행운이 높긴 해도 저렇게 다 회피하는 게 말이 돼!?"

"어……. 그게…… 행운이 500 가까이 되면 어느 정도로 효과가 나오는지는 저희도 정확하게 알기 힘들잖습니까."

"어휴. 진짜."

"그리고 저거, 아마 보정도 들어갔을 겁니다."

"뭐?"

"네. 그러니까 레벨에 맞게 들어가면 그냥 그대로지만, 레벨이 너무 낮으면 스탯에 살짝 보정 들어가는 거 있잖습니까."

"그거 해당되는 던전 몇 개 없잖아."

"저게 그 몇 개 중 하나입니다. 팀장님. 영웅 직업 전직 장소라……. 퀘스트 기껏 다 깼는데 저기서 전멸하면 좀 그렇잖아요. 사전 퀘스트도 많은데."

"눈이 있으면 봐라! 저게 살짝 보정받은 거냐? 아무리 그래도 그렇지 저기서 다 피하는 게 말이 돼? 지금 행운 수치가 한…… 두 배는 되는 거 같은데?"

레벨에 비해 지나치게 높은 행운 수치가 보정을 받으니 상상을 초월하는 결과가 나왔다.

"보정받은 행운 수치가 지금 얼마인 건지는 모르겠지만, 이거 문제가 좀 심각한데. 행운 수치가 높아지면 원래 저렇게 되는 건가?"

세부사항은 인공지능이 다 짜놓은 상태라 그들도 정확히 알 수가 없었다.

"아니, 그래도 힘이 낮으니 공격력도 낮고, 체력이 낮으니 HP도 낮고……. 민첩이 낮으니 명중률이나 회피율도 낮을 거 아닙니까."

"지금 저 함정 다 피한 거 보고서 회피율이라는 소리가 나와? 저 정도 행운이면 명중률이나 회피율은 의미가 없어."

"그래도 보정받아서 저 정도잖습니까. 두 배면 거의 1,000 정도는 되어야 하는 건데. 스탯 하나를 그 정도로 찍어서 겨우 저런 함정 하나 피하는 거면 너무 아깝죠."

"그건 그렇긴 해."

힘이나 민첩 같은 스탯을 1,000까지 찍었다면 어마어마한 성능을 보여줄 것이다.

그렇게 생각하니 저 모습도 그렇게까지 놀랍게 느껴지지 않았다.

최명성은 문득 생각했다.

지금이야 500이 안 되지만, 나중에 행운을 올리고 올려서 1,000을 넘어간다면 과연 어떻게 될까?

'궁금하긴 하네.'

함정에 다치지 않았다고 해서 방심할 틈은 없었다.

함정이 작동한 소리를 듣고 고블린들이 나타난 것이다.

"침착하게 상대하자."

"누, 누, 누, 누구부터 쏠까요?"

"침착하게 상대하자니까……."

태현은 한숨을 쉬었다. 뒤에 있는 지수를 보지 않아도 벌벌 떨고 있다는 게 느껴졌다.

"활 들고 있거나, 지팡이 들고 있거나, 돌멩이 들고 있는 고블린부터 먼저 쏴. 걔네는 살려두면 귀찮아지니까."

태현은 고블린이 휘두르는 칼을 쉽게 받아냈다.

"……!"

그리고 뒤로 밀려났다.

'아니……. 아무리 내가 힘을 안 찍어도 그렇지, 고블린한테 근력으로 밀리나!?'

태현은 고블린들의 레벨이 생각보다 높다는 걸 깨달았다. 그렇다면 받아넘기거나 하는 건 무리였다.

무조건 피해야 했다.

"진짜 귀찮게……."

머리를 노리고 휘둘러지는 몽둥이를 피하고, 옆구리를 찔러오는 칼을 피한다. 그리고 드러난 고블린의 머리통을 칼로 후려친다.

[치명타가 터졌습니다!]

[고블린이 출혈 상태에 빠집니다!]

[스킬, '행운의 일격'을 얻었습니다! 행운 수치에 따라 치명타 데미지가 올라갑니다!]

"행운의 일격?"

자세히 알아보고 싶었지만 지금은 그럴 시간이 아니었다.

고블린들의 공격은 하나하나는 쉽게 피할 수 있어도 여럿이서 덤벼들면 정말 정신이 없었다. 게다가 뒤로 빠져가게 내버려 두면 지수가 근접전으로 붙어야 했다.

-행운의 일격!

원래라면 스킬을 썼을 때 마나(MP)가 감소해야 했다. 그러나 행운의 일격은 마나를 쓰지 않았다.

"……?"

대신 허공에 금화가 나오더니 허공에서 빙글 돌아갔다.

[앞면이 나왔습니다. 15초 동안 공격력이 2배로 증가합니다.

스킬의 쿨타임이 사라집니다.]

"……!?"

태현은 호기심을 참지 못했다.

"에이!"

고블린의 공격을 피하면서 스킬 설명창을 켰다.

<행운의 일격>

동전을 던집니다. 앞면이 나오면 버프 '행운의 일격'을 걸고 스킬을 재사용할 수 있습니다. 버프 '행운의 일격'은 스킬의 레벨에 따라 효과가 달라집니다.

*동전은 행운 수치에 영향을 받지 않습니다.

*현재 스킬 레벨 1

"이게 뭔 스킬이야!?"

태현은 황당한 표정을 지었다. 이 스킬이 무슨 스킬인지 깨달은 것이다.

동전의 앞뒤를 맞출 때마다 데미지를 올리는 버프를 걸어주는 스킬!

'이거 대체 어떤 놈이 만든 스킬이야!?'

아무리 운빨겜이라는 말이 있다지만 그건 어디까지나 농담이었다.

이런 스킬을 만든 놈이 있다니. 실제로는 인공지능이 알아서 만든 스킬이지만 태현은 알 길이 없었다.

-행운의 일격!

[앞면이 나왔습니다. 15초 동안 공격력이 4배로 증가합니다. 스킬의 쿨타임이 사라집니다.]

-행운의 일격!

[앞면이 나왔습니다. 15초 동안 공격력이 8배로 증가합니다. 스킬의 쿨타임이 사라집니다.]

"이제 그만! 끝낸다!"

스킬의 레벨이 낮아서인지 버프의 시간이 짧았다. 성공할 때마다 시간은 돌아오지만, 그래도 벌써 5초 정도 흘러간 것 같았다.

퍼퍼퍼퍼퍽!

허공에 선이 그려졌다.

그리고 그 궤적에 있던 고블린들이 모두 잘려 나갔다.

"……!"

네 마리 고블린들이 일격에 죽은 걸 보고 태현은 입을 벌렸다.

쉭!

그 순간 뒤에서 화살이 날아왔다. 지수가 고블린 궁수를 노려서 쏜 것이다.

"방금 뭐한 거예요!?"

뭔가 힘을 모으는 것 같더니 일격에 고블린들을 갈라 버리니 놀랄 수밖에 없었다.

"나도 모르겠다!"

처음에는 놀랐지만, 몇 번 더 스킬을 써보자 태현은 이 스킬이 꽤 괜찮은 스킬이라는 것을 깨달았다.

일단 마나 소모가 없었다.

실패하면 성공한 효과도 사라지고 쿨타임 동안 스킬을 쓰지 못하지만, 그 정도면 별로 페널티도 아니었다.

이 스킬의 가장 큰 장점은 중첩이 가능하다는 점이었다.

처음에 성공하면 2배, 연속으로 성공하면 4배, 그다음으로 또 성공하면 8배…….

계속 맞추는 걸 성공하면 이론적으로는 끝이 없는 무한 버프!

'무슨 도박 중독자도 아니고…….'

동전이 행운 수치에 영향을 받지 않아서 망정이었다.

만약 영향을 받았다면 계속해서 앞면이 나오는 무한 콤보가 가능했을 테니까.

공격력이 부족한 태현에게는 정말 잘 맞는 스킬.

게다가 스킬 레벨이 오르면 효과도 증가한다고 하니 더 성장 가능성이 있었다.

"인간! 인간이다! 처리해라!"

[회피에 성공했습니다.]

[치명타가 터졌습니다!]

[회피에 성공했습니다.]

[치명타가 터졌습니다!]

"저 인간! 이상하다! 공격이 자꾸 빗나간다!"

"너희들도 행운 찍던가!"

아무리 공격력이 낮더라도 연속해서 치명타가 터지고, 어쩌다가 몇 번 성공한 공격은 다 빗나가니 태현을 잡을 수가 없었다.

고블린들은 이를 갈면서 덤벼들었지만 결국 하나씩 쓰러졌다.

"인간, 너무 강하다!"

"크르륵! 타이럼 사냥꾼들! 저주하겠다!"

'타이럼 사냥꾼?'

고블린들이 하는 말을 들은 태현은 의아해했다. 타이럼 사냥꾼이라니.

'타이럼 사냥꾼과 관련된 퀘스트 장소인가?'

가능성이 있었다. 이런 식의 던전을 초보자용으로 만들어 놓지는 않았을 테니까.

[레벨 업 하셨습니다.]

어려운 던전인 만큼 확실히 레벨 업이 빨랐다. 고블린만 사냥하는데도 레벨이 빠르게 올랐다.

'벌써 던전 안에서만 레벨 업을 두 번 했나?'

이름: 김태현

레벨: 20

직업: 백수

HP(체력): 290

MP(마력): 290

힘: 10. 민첩: 10

체력: 10, 지혜: 10

행운: 490

보너스 스탯: 0

초급 검술 3 (69%)

초급 요리 1 (14%)

초급 도축 1 (5%)

행운이 드디어 500이 되기 일보 직전이었다. 괴악한 캐릭터로 키우기로 마음먹었지만, 500까지 온 걸 보니 나름 뿌듯했다.

"그러고 보니 너 지금 레벨 몇이었지?"

"지금 17이요!"

"3밖에 차이가 안 나나? 내가 좀 특이하게 키우고 있긴 해도 그렇지……. 성장이 빠르네."

지수가 경험치를 많이 받고 있다는 뜻이었다. 아마 화살로 급소를 정확히 맞춰서 추가 경험치를 받고 있는 것 같았다.

"일단 멈춰서 아이템 좀 수거하고 가자."

"네!"

지수는 씩씩하게 대답하고서 아이템을 획득하기 시작했다.

[고블린의 단검을 얻었습니다.]

[고블린의 화살을 얻었습니다.]

[고블린의 바람총을 얻었습니다.]

[찢어진 가죽 갑옷을 얻었습니다.]

"쓸 만한 거 없지?"

"네……."

"그러면 정리하고 가자."

태현은 다시 칼을 움켜쥐고 앞으로 걷기 시작했다.

던전의 난이도가 높기는 했지만, 다행인 점이 몇 가지 있었다.

고블린들이 떼로 몰려오지 않고 몇 마리씩 나눠서 덤빈다는 점. 포위하지 않고 앞에서만 나타난다는 점.

게다가 고블린 주술사 같은 놈들은 아직 나타나지도 않았다. 기껏해야 고블린 전사와 고블린 궁수가 전부였다.

'더 들어가야 나오나?'

"어. 저기 보물함 있어요!"

"보물함?"

자물쇠가 걸려 있는 형태의 평범한 보물함.

그렇지만 어두컴컴한 통로 구석에 따로 있으니 너무 수상했다.

"열어봐도 되나요?"

"저거…… 함정 같은데."

"그런가요? 아쉽다."

확실히 저 상자에 뭐가 있는지는 태현도 궁금했다. 만약 퀘스트와 관련된 상자라면 보상이 있을 수도 있었으니까.

"좋아. 넌 좀 떨어져 있어봐. 내가 열어볼게."

태현의 말에 지수는 재빨리 뒤로 물러섰다. 그녀는 조마조마한 표정으로 태현이 상자를 여는 걸 지켜보았다.

덜컥!

[잠겨 있습니다.]

함정은 없었지만, 대신 단단히 잠겨 있었다.

열려면 손재주나 자물쇠 따기 같은 스킬이 일정 수치를 넘어야 했다.

"함정 없어요?"

"함정은 없는데 잠겨 있어. 이거 전에 퀘스트 깨서 나오는 열쇠로 여는 거 같은데……."

점점 의심이 갔다. 아무래도 사전에 많은 퀘스트가 있는데 그걸 뛰어넘고 들어온 것 같았다.

'이제 와서 다시 나갈 수도 없고. 대체 어쩌다가 이렇게 된 건지 모르겠네.'

태현은 그의 행운 수치 때문에 원래는 꺼질 일이 없는 바닥이 꺼졌다고는 생각지도 못했다.

"이걸로 열어보는 건 어때요?"

"야……."

쇠꼬챙이 하나를 건네는 지수를 보며 태현은 어이없어했다.

딱 봐도 꽤나 높은 스킬 수치를 필요로 하는 자물쇠 같은데, 이거 하나 갖고 쑤신다고 되겠는가.

"이걸로 되면, 어? 사람들이 왜 도적을 하겠어? 그냥 다 이거 들고 다니면 되겠네."

태현은 투덜거리면서도 일단 자물쇠 구멍을 쑤셔보았다.

덜컥, 덜컥!

[자물쇠가 열렸습니다.]

"……!?"

"……."

지수는 태현을 빤히 쳐다보았다. 태현은 헛기침을 하며 상자를 열었다.

[타이럼 레인저의 장검을 획득했습니다.]

[타이럼 레인저의 단검을 획득했습니다.]

[타이럼 레인저의 가죽 갑옷을 획득했습니다.]

빠르게 뜨는 알림창들. 한눈에 봐도 퀘스트의 보상이라는 걸 알 수 있었다.

'타이럼 레인저? 타이럼 사냥꾼이 아니라?'

타이럼 레인저의 장검: 내구력 45/45. 공격력 40.

타이럼 레인저의 제식 장비. 균형 잡힌 구조와 단단한 재질이 돋보인다. 타이럼 레인저의 장비를 하고 있으면 타이럼 시민들에게 환영받을 것이다.

타이럼 레인저의 가죽 갑옷: 내구력 60/60. 방어력 25.

타이럼 레인저의 제식 장비. 섬세한 무두질이 돋보인다. 타이럼 레인저의 장비를 하고 있으면 타이럼 시민들에게 환영받을 것이다.

"타이럼 레인저가 뭐에요?"

"글쎄? 타이럼 사냥꾼 관련 직업 같은데. 상위 직업인가?"

직업 중에서는 먼저 전직한 다음 거기서 특별한 퀘스트를 깨고 상위 직업으로 전직하는 경우도 많았다.

타이럼 레인저가 타이럼 사냥꾼에서 레벨 업을 하고 전직하는 직업이라면…….

'아, 이거 진짜 퀘스트 잘못 들어온 거 같은데.'

기껏 발견했는데 보상을 받지 못한다면 많이 아쉬울 것 같았다.

"일단 장비부터 하자. 아쉬울 거 없으니까."

"네!"

규칙 없이 난장판으로 장비를 맞추고 있었는데, 보물함에서 나온 장비를 각자 맞추니 제법 겉모습이 그럴듯해졌다.

"이게 세트 장비죠?"

"어. 그렇지. 장검은 안 써?"

"……들어봤자 별 의미 없을 것 같은데요."

"……그래. 단검이나 챙겨라."

지수는 활을 들고서 고개를 끄덕였다.

✤

"저것도 열어? 저 상자, 퀘스트에서 깬 열쇠 있어야 열리는 거 아니었어!?"

"행, 행운 수치가 높아서 일정 확률로 열린 모양인데요."

"아. 인공지능 진짜……. 게임 시스템을 어떻게 만든 거야."

최명성은 투덜거리며 화면을 쳐다보았다.

게임 내 세세한 설정은 인공지능이 정했다. 저런 건 그들도 알 수 없었다.

"저기서 보상 얻고 마지막 광장 들어가서 시체 발견하면 이 던전 끝이지?"

"네. 그렇지만 보스 몬스터 있습니다."

"지금 김태현 하는 거 보면 보스 몬스터도 무난하게 처리할 것 같은데……."

평범한 공격은 대부분 피한다.

어쩌다 맞는 공격은 높은 행운으로 인해 회피가 뜬다.

이러니 이 던전의 몬스터로는 잡을 수가 없었다.

"상성이 안 좋아. 상성이. 다른 곳으로 갔으면 이렇게까지 쉽게 뚫리지는 않았을 텐데."

"여기 보스 몬스터가 그렇게 만만하지는 않습니다. 실수 한 번 하면 바로 포위당해서 죽을 겁니다. 그런데 팀장님. 김태현 좋아하시는 거 아니셨습니까?"

"좋아해. 좋아하는데 이건 너무 재미가 없잖아. 김태현은 원래 아슬아슬하게 플레이하면서 이겨야 재밌다고."

"……."

윤주환은 어이가 없다는 듯이 최명성을 쳐다보았다.

"보스 방 들어가네."

"어. 팀장님. 도동수가 새 퀘스트 시작했는데요."

"그런 놈 알게 뭐야. 나중에 결과만 말해줘."

판타지 온라인 1에서 도적 랭커였고, 판타지 온라인 2에서는 영웅 직업인 그림자 춤꾼까지 얻었지만, 도동수는 여전히 무시당하고 있었다.

"홉고블린이다."

고블린 중에서 덩치가 크고 리더십이 있는 놈. 통로 끝의 넓은 광장 가운데에 홉고블린이 졸고 있었다.

"어떻게 할까요?"

"다른 고블린은 없어? 없을 리가 없는데."

“안 보여요.”

“으음…….”

태현도 주변을 확인했다. 돔 형태의 광장에는 홉고블린을 제외하고는 아무도 없었다.

하지만 태현은 속지 않았다. 판타지 온라인 1에서 돈 던전만 해도 수백 개.

이렇게 위험하지 않은 던전은 오히려 수상했다.

“……!”

태현은 구석에 난 조그만 통로들을 발견했다. 저런 통로는 뻔했다.

‘전투가 시작되면 저기에서 고블린들이 나타나나?’

홉고블린밖에 없다고 방심해서 덤벼들면 바로 포위당하는 것이다. 대충 어떤 식인지 알 것 같았다.

‘저기를 막을 수는 없을 것 같고. 소리가 나면 바로 포위당할 텐데.’

갑자기 생각 하나가 떠올랐다.

“나가서 공격할 테니까, 넌 여기에 있어.”

“네? 도움 필요 없어요?”

“여기서도 쏠 수 있잖아? 만약에 저놈 한 번에 못 잡으면 무조건 이 통로로 올 테니까, 그러면 바로 도망쳐.”

“……?”

지수는 고개를 갸웃거렸다. 한 번에 잡는다고?

태현의 실력이 뛰어나다는 건 알고 있었지만, 그래도 저 보스 몬스터를 일격에 죽이는 건 다른 문제였다.

태현은 최대한 조용히, 소리를 죽이고 다가갔다.

'홉고블린을 공격하는 순간 보스전 시작인가?'

혼자 있는 홉고블린을 만만하게 보고 공격하는 순간, 주변에서 고블린들이 쏟아져 나온다.

예측을 하지 못하면 당황할 수밖에 없었다.

물론 태현은 그런 방식에 따라줄 생각이 조금도 없었다.

'일격에 끝낸다!'

물론 일반적인 방법으로는 한 번에 끝낼 수가 없었다.

태현이 믿는 건 하나.

-행운의 일격!

[앞면이 나왔습니다. 15초 동안 공격력이 2배로 증가합니다. 스킬의 쿨타임이 사라집니다.]

'앞면 나와라!'

[뒷면이 나왔습니다!]

"아오!"

스킬의 효과가 그대로 사라졌다.

"한 번만 더, 한 번만 더……!"

태현은 스킬이 실패할 때마다 쿨타임이 지나기를 기다렸다.

'다음에는 될 거야, 다음에는!'

이미 훌륭한 도박 중독자의 길을 걷고 있다고 봐도 무방한 상황!

홉고블린은 여전히 졸고 있었다.

'역시. 공격을 하기 전에는 깨지 않는 형식이군.'

홉고블린이 깨어나서, 소리를 내야 다른 고블린들이 몰려오는 형식.

그렇다면 행운의 일격을 몇 번 시도해도 부담이 없었다.

행운의 일격은 소리가 나는 스킬이 아니었다.

단지 태현의 눈앞에 나오는 동전의 앞뒷면을 맞추기만 하는 스킬일 뿐. 화려한 효과나 그런 것도 없었다.

덕분에 이런 상황에서는 좋았다.

-행운의 일격!

-행운의 일격!

"저기…… 뭐하는 거예요……?"

지수는 태현이 홉고블린에게 다가가서 계속 칼을 들고 서 있자 당황한 표정을 지었다.

덤빌 줄 알았는데 계속 움직이다가 멈추고, 움직이다가 멈추고만 반복하는 것이다.

그러던 도중, 태현의 얼굴에 기쁨의 빛이 떠올랐다.

"됐다!"

밖에서 보는 지수는 몰랐지만 태현은 벌써 14번째 시도였다.

14번째 시도에서야 동전을 10번 연속으로 맞출 수 있었다.

'이 정도면 충분하겠지!'

콰콰콰콰콰쾅!

굉음과 함께 홉고블린의 몸이 튕겨 나갔다. 칼을 휘두른 태현도 놀랄 정도의 위력이었다.

[레벨 업 하셨습니다.]

[레벨 업 하셨습니다.]

[고블린들이 도망칩니다!]

"어? 아. 그런 식이었나?"

홉고블린과 싸우는 동안은 고블린들이 나와서 돕지만, 홉고블린이 죽으면 고블린도 도망치는 것이다.

태현이 일격에 죽여 버린 것 때문에 고블린들이 도망가고 있는 것 같았다.

"쫓을까요?"

"관둬. 괜히 구석으로 갔다가 몰리기라도 하면 골치 아파."

태현은 홉고블린이 죽은 주변을 둘러보았다. 광장의 한가운데에 해골이 있었다.

그리고 그 해골은 그들이 입은 것과 비슷한 장비를 입고 있었다.

다가가자 해골이 손에 쥐고 있는 종이가 눈에 들어왔다.

[다인즈의 유서를 얻었습니다.]

<다인즈의 유서>

젠장. 나는 이렇게 죽는다.

뛰어난 타이럼 사냥꾼이자 영광스러운 타이럼 레인저의 후예인 내가 이렇게 죽다니. 고블린들을 너무 얕본 게 실수였다.

내가 죽더라도 내 동료들이 복수를 해주겠지. 내 아내, 소피아만이 마음에 걸린다. 많이 걱정하고 있을 텐데……. 그녀가 끓여 준 수프가 먹고 싶다.

그러고 보니 타이럼 레인저의 후계도 정해야 한다. 내가 후계자도 정하지 않은 상태로 이렇게 되어버렸으니.

내 복수를 하고 시체를 찾은 사람이라면 타이럼 사냥꾼일 테니 타이럼 레인저의 자격이 있겠지.

<영웅 직업-타이럼 레인저 전직 퀘스트>

타이럼 레인저는 타이럼 사냥꾼들 중에서 가장 뛰어난 이들만이 전통적으로 이어받은 명예로운 직업이다.

사냥꾼 다인즈는 타이럼 레인저였지만 갑작스러운 사고로 후계자를 정하지 못했고, 대신 자신의 시체를 찾고 복수를 해준 사람을 후계자로 정했다.

타이럼 레인저로 전직하겠는가?

보상: 타이럼 레인저로 전직

"영, 영, 영웅 직업이에요! 영웅 직업!!"

"나도 눈 있어."

지수가 펄쩍 뛰면서 놀랐지만 태현은 심드렁했다.

"영웅 직업인데 안 놀라워요!?"

"너한테는 잘됐네. 전직할 거지?"

"물론이죠! 어? 오빠…… 아니, 형은 안 하실 거예요!?"

태현의 태도에서 뭔가 안 할 것 같은 기분이 들자 지수는 정말 놀랐다.

영웅 직업이었다.

일반 직업, 희귀 직업도 아닌 영웅 직업.

보통 플레이어들은 영웅 직업으로 전직할 기회를 거의 얻지 못했다. 정말 운이 좋거나 그것만 파야 했으니까.

그런데 그들은 레벨이 20 안팎인데 그 기회를 잡은 것이다. 그것도 우연한 기회로!

그런 기회가 왔는데 기뻐하지 않는 게 이해가 가지 않았다.

"어. 안 해."

"왜요!? 같이 해요!"

"싫어. 타이럼 레인저는 내 취향 아냐."

"아, 아니. 궁수 계열이니까 그럴 수도 있긴 하지만…… 영웅 직업이잖아요! 안 아까워요!?"

"응. 안 아까워."

"……!"

지수는 슬슬 태현이 어떤 사람인지 알 것 같았다. 지수가 무슨 생각을 하거나 말거나 태현은 그녀의 어깨 위에 손을 올리고 말했다.

"나한테는 영웅 직업이든, 희귀 직업이든, 전설 직업이든…… 별 의미가 없단다. 게다가 오히려 영웅 직업은 더 안 좋아."

"네? 왜요?"

"자, 봐. 네가 일반 직업인데 일대일 대결에서 희귀 직업을 이겼어. 사람들은 대단하다고 하겠지?"

"그렇겠죠?"

"그런데 네가 영웅 직업인데 일대일 대결에서 희귀 직업을 이겼어. 사람들이 뭐라고 하겠어? 직업빨로 이겼다고 할 거 아니야."

"진짜 그런 이유 때문이에요!?"

"물론 이건 농담이지."

지수는 한숨을 내쉬었다. 저게 진심이라면 정말…….

"그렇지만 난 영웅 직업에 신경 안 쓴다는 건 진짜야. 일반, 희귀, 영웅, 전설 직업에 휘둘리지 마. 중요한 건 얼마나 잘 맞게 잘 키우냐야."

"그런 거예요?"

태현은 판타지 온라인 1에서 대장장이로 랭커들을 썰고 다녔다.

당연히 희귀한 직업에 대한 욕심이 별로 없었다. 오히려 약한 걸로 알려진 직업의 가능성을 찾아 강한 직업을 쓰러뜨리는 게 더 재미있었다.

"아. 근데 넌 무조건 저걸로 전직하는 게 좋을 거야. 넌 근접전이 진짜 별로잖아."

"……."

맞는 말이었지만 뭔가 분했다. 지수는 고개를 끄덕였다.

"그러면 전직할게요!"

[타이럼 레인저로 전직하셨습니다!]

[스킬: 강화된 연속 사격을 얻었습니다.]

[스킬: 정교한 사격이 강화된 정교한 사격으로 바뀌었습니다.]

[스킬: 난사를 얻었습니다.]

[스킬: 피의 화살을 얻었습니다.]

[스킬: 향상된 시야를 얻었습니다.]

빠르게 뜨는 창들에 지수는 정신을 차리지 못했다. 경험이 적은 그녀가 봐도 이 직업이 얼마나 좋은 직업인지는 알 수 있었다.

"진, 진짜 대단해요."

"잘됐네. 축하해."

"좀 더 감정을 담아주면 안 되나요?"

그러고 보니 태현도 레벨 업을 했었다. 태현은 스탯 포인트를 행운에 찍기 위해 창을 켰다.

'오, 드디어 행운이 500인가?'

이름: 김태현

레벨: 22

직업: 백수

HP(체력): 310

MP(마력): 310

힘: 10, 민첩: 10

체력: 10, 지혜: 10

행운: 500

보너스 스탯: 0

[스킬: 확률 조작을 얻었습니다.]

<확률 조작>

행운 스탯에 따라, 스킬의 확률에 보너스를 받습니다. 특수한 현상이 일어날 수도 있습니다.

“……?”

행운이 500이 되자 생각지도 못한 스킬이 나왔다. 패시브 스킬이었다.

확률 조작이라니.

‘이거…… 특이한데, 정말?’

판타지 온라인 2에서 행운이 어떤 식으로 설정된 스탯인지 점점 궁금해졌다.

태현은 금방 알아차렸다. 이 확률 조작이라는 스킬이 꽤나 많은 곳에 쓸 수 있다는 것을.

“저기, 여기서 밖으로 나가려면 어떻게 해야 하죠?”

“이미 보스 몬스터는 죽었으니 다른 함정은 없겠지. 저 가운데 통로로 가보자."

태현의 예측은 맞아떨어졌다. 그들은 곧 고블린들이 만든 계단을 발견할 수 있었다.

거기로 나오자 수풀로 교묘하게 가려진 산의 입구였다.

"마을, 마을로 가죠!"

지수는 오늘 너무 많은 걸 경험해서 쉬고 싶어 하는 것 같았다. 태현은 고개를 끄덕였다.

"아니, 그 복장은!?"

어거스트는 둘을 보자마자 깜짝 놀랐다. 타이럼 사냥꾼 중에서 레인저로 인정받은 사람만 입을 수 있는 복장이라니.

"무슨 일이 있었던 건가!"

태현은 있었던 일들을 적당히 각색해서 말해주었다.

[실종된 타이럼 사냥꾼 퀘스트가 완료되었습니다.]

[소피아의 눈물 퀘스트가 완료되었습니다.]

[타이럼 사냥꾼의 적 퀘스트가 완료되었습니다.]

[고블린의 소굴을 찾아라 퀘스트가 완료되었습니다.]

순식간에 뜨는 창들. 원래 이렇게 많은 퀘스트들을 깨고 갔어야 하는 곳이었다.

어쩌다가 이렇게 결말만 먼저 깨게 됐는지…….

[어거스트가 당신에게 최고의 호의를 보냅니다.]

[타이럼 사냥꾼들의 우호도가 최고로 변했습니다. 그들의 동료로 인정받습니다. 그들을 파티에 참여시키거나 퀘스트를 함께 할 수 있습니다.]

"우호도가 최고래요!"

이제까지 보이면 구박을 받았던 지수는 감격해서 외쳤다.

"잠깐. 여기서 더 올라가면……."

"자네는 역시 타이럼 사냥꾼에 어울려!"

<희귀 직업-타이럼 사냥꾼 전직 퀘스트>

사냥꾼 어거스트는…….

귀신같이 어거스트가 다시 전직 제안을 해왔다. 영웅 직업도 거부하고 왔는데 희귀 직업이라니.

"아, 안 해요, 안 해!"

"하하! 자네가 그렇게 말해도 나는 알고 있네. 자네의 마음

속에는 뜨거운 동료애와 명예심이 있다는 것을! 그렇지 않다면 어떻게 다인즈의 시체를 찾기 위해 그렇게 고생을 했겠는가! 나는 언제든지 기다리고 있겠네!"

지수는 옆에서 조용히 속삭였다.

"그러게 레인저로 같이 전직하시지 그랬어요."

"시끄."

"어떻게든 클리어를 했네요. 대단하네요, 진짜. 팀장님이 좋아하는 이유를 알 것 같아요. 홉고블린을 일격에 죽이다니. 저거 뭔 스킬이지?"

"저 여자애와 파티를 맺었으니 다른 곳으로 좀 갔으면 좋겠는데. 설마 다시 토끼 잡지는 않겠지. 행운을 몇까지 올리려고……."

최명성을 중얼거리면서 태현을 쳐다보았다.

지수는 먼저 쉬겠다고 로그아웃했고, 태현은 단검을 챙겨서 타이럼의 거리를 걸어갔다.

어거스트에게 말한 것이 있었기 때문이었다.

"다인즈의 아내에게는 제가 말하겠습니다."

"역시! 자네는 책임이 뭔지 아는군! 역시 자네는 타이럼 사냥꾼……."

"이만 가보겠습니다!"

어거스트를 시키는 게 아니라 직접 가는 이유는 하나였다.

보상.

"계십니까?"

"네. 들어오세요."

긴 금발에, 평범하게 예쁜 외모를 가진 여자가 문을 열어주었다. 다인즈 때문인지 얼굴은 밝지 않았다.

"타이럼 사냥꾼이신가요?"

"아, 예. 죄송하지만……. 다인즈에 관한 이야기를 전해드리러 왔습니다."

"그이 시체를 찾았나요?"

"죄송하지만 남편분은……. 네?"

태현은 멈칫했다. 남편이 죽었다는 걸 어떻게 말해야 하나 생각했는데, 소피아는 이미 알고 있었다.

'뭐야, 다들 죽었다고 생각하고 있었어? 괜히 긴장했네.'

"네. 찾았습니다."

"아아, 감사합니다! 이걸로 그이도 편하게 눈을 감을 수 있을 거예요. 이거, 몇 푼 안 되는 돈이지만……."
"돈을 받으려고 한 일이 아닙니다."

[소피아가 좋아합니다.]
[명성이 오릅니다.]
[타이럼 시 내의 평판이 오릅니다.]

"하지만 이렇게 도와주신 분한테 아무것도 안 드릴 수는 없어요."
"그렇다면 혹시…… 다른 걸로 괜찮겠습니까?"
태현의 말에 소피아는 얼굴을 붉혔다. 태현은 한 걸음 앞으로 다가갔다.
"뭐, 뭔가요?"
"요리를 가르쳐 주십시오."
"네?"

다인즈의 유서를 봤을 때부터 소피아가 요리 스킬이 높다는 건 짐작하고 있었다. 게다가 어거스트한테 물어보니, 타이럼 사냥꾼들의 식사를 챙겨주던 게 그녀였다.

다인즈가 실종되고 나서는 집 밖으로 나오지 않았지만.

스킬을 올리기 위해서는 노가다도 좋았지만, 뛰어난 NPC한테 배우는 것도 방법 중 하나였다.

대장장이, 재봉, 요리…… 다 비전투 스킬이었지만 익혀두면 손해는 안 보는 스킬들이었다.

실제로 태현은 대장장이였지만 재봉과 요리도 그 직업과 비교해도 밀리지 않을 정도로 높은 스킬 레벨을 갖고 있었다.

뛰어난 요리는 먹으면 일시적, 혹은 영구적으로 스탯을 상승시켜 줬다.

재봉은 가죽이나 천 계열 갑옷을 만들고 수리하거나, 일시적으로 버프해 줄 수 있었다.

태현은 이미 가시밭길을 걷기로 결심한 사람.

익힐 수 있는 스킬은 다 익혀야 했다.

[요리 스킬이 상승합니다.]

[요리 레시피: 소피아의 고기 수프를 배웠습니다.]

[요리 레시피: 소피아의 고기 양념을 배웠습니다.]

"재능이 있는데요?"

"제가 원래 그렇습니다."

"겸손함은 없네요."

"제가 원래 그렇습니다."

소피아가 흰 눈을 뜨고 쳐다보거나 말거나, 태현은 묵묵히 국자를 저었다.

가상현실 게임인 이상 스킬을 배우는 것도 쉬운 일이 아니었다.

배운다고 해서 바로 익혀지는 게 아니라, 직접 몸으로 요령을 익혀야 했다.

"아직 더 해야 할 것 같은데요."

"아직 모자라네요. 양념의 맛이 부족해요."

"저번보다 낫지만 아직 부족해요."

"저기, 저도 좀 쉬고 싶은데 언제까지 오실 거예요?"

요리를 만들어서 건넬 때마다 달라지는 소피아의 말.

처음에는 남편의 시체를 찾아줘서 고맙다는 태도였지만, 태현이 쉬지도 않고 계속 요리를 건네주자 슬슬 짜증을 내기 시작했다.

NPC도 결국 사람!

"아직 제 실력은 많이 부족합니다!"

"아니, 이 정도면 됐죠. 여기서 요리 잘해서 뭐하려고요!?"

다른 왕국의 다른 도시면 모를까, 타이럼은 산 한가운데에 위치한 사냥꾼들의 도시였다.

타이럼 시가 있는 잘츠 왕국 자체가 사냥꾼들의 왕국이었으니 문화나 그런 면에서 다른 나라에 비해 많이 부족했다.

[요리 스킬이 상승합니다.]

[요리 스킬이 상승합니다.]

[요리 레시피: 소피아의 비밀 고기 양념을 배웠습니다.]

<소피아의 비밀 고기 양념>

소피아가 할머니에게 배운 비전의 양념이다. 원래 다른 사람한테 알려주지는 않지만, 가족의 시신를 찾아준 덕분에 배울 수 있었다.

물론 당신이 끈질기게 매달리는 게 귀찮아서일 수도 있겠지만…….

먹을 시 일시적으로 체력 5% 증가, 힘 5 증가.

'떴다!'

이런 걸 노리고 NPC한테 요리를 배우려고 한 것이다.

혼자서 요리를 해봤자 저런 레시피 같은 건 구하기 힘들었으니까.

"이 정도면 저한테 배울 건 없을 거 같네요."

"아닙니다. 더 배우고 싶습니다."

"나가요, 좀!"

소피아에게서는 쫓겨났지만 태현은 멈추지 않았다. 태현은 어거스트를 찾아갔다.

"타이럼 사냥꾼들을 위해 요리를 해주고 싶습니다."

"뭐라고!? 역시 자네는……."

태현은 이제 대꾸도 하지 않고 움직였다.

타이럼 사냥꾼들은 타이럼 시에 머무르면서 돌아다니는 NPC들이었다.

다른 도시의 병사들이 할 역할을, 타이럼 시에서는 타이럼 사냥꾼들이 하는 것이다.

일종의 군대라고 봐도 좋았다.

당연히 숫자도 많았고 머무르는 곳도 따로 있었다.

"자네가 다인즈를 찾은 사람이군. 어거스트한테 들었네."

"자네 덕분에 친구를 무덤에 묻을 수 있었어. 그런데 여기는 무슨 일로 왔지?"

"제가 여러분들을 위해 요리를 해드리겠습니다."

"뭐?"

친밀도가 높아서 거부를 하지는 않았지만, 갑자기 와서 요리를 해준다니 타이럼 사냥꾼들은 당황했다.

"요리라니. 우리야 좋지만……."

"요리를 잘하나? 소피아보다는 못할 것 같은데."

"그러고 보니 소피아의 음식을 못 먹은 지도 좀 됐군."

웅성거리는 타이럼 사냥꾼을 뒤로한 채, 태현은 솥으로 다가갔다.

막사에는 재료가 가득했다. 사냥꾼들의 막사인 만큼 재료는 넘쳐났다.

아무도 요리를 안 해서 그렇지.

'역시. 날로 먹을 수 있겠군.'

요리를 해주는 걸로 생색은 내지만 돈은 하나도 들지 않는 곳.

스킬 숙련도를 팍팍 올릴 수 있는 곳이었다.

요리 같은 일반 스킬들은 숙련도가 매우 중요했다. 높아지면 높아질수록 차이가 커지는 것이다.

태현은 소피아에게 배운 대로 고깃덩어리를 집어넣고 끓이기 시작했다.

반신반의하던 사냥꾼들도 잠시 후 구수하고 맛있는 냄새가 막사 안에 맴돌자 태현 주변을 어슬렁거렸다.

"오, 냄새가 제법……."

"혹시 한 입 먹어봐도 되나?"

"먹어보시죠."

"오오! 이 맛은!"

"소피아가 해주던 맛과 똑같잖아!"

"이번엔 요리냐?"

"토끼 안 잡으니까 다행 아닌가요?"

"안 잡지는 않을걸."

"네?"

"아니, 아무것도 아니다. 다른 플레이어 중에서 뭐 눈에 띄는 거 있냐?"

"이세연이 마지막 전설 퀘스트에 도착했습니다. 아마 이번 주 안에 네크로노미콘의 후계자로 전직할 것 같은데요."

"예상대로네."

"지금 방송, 게시판 모두 화제에요."

방송이나 게시판에 자기가 했던 걸 올리지 않는 태현과 달리, 이세연은 판타지 온라인 1에서부터 유명한 플레이어였다.

자신의 플레이 영상을 올리고 길드를 홍보하는 데 능숙한 플레이어.

원래 실력과 외모까지 있으니 그 인기는 끝이 없었다.

지금도 전설 퀘스트의 막바지에 도착했다고 직접 인터뷰를 한 상태였다.

판타지 온라인 1도 전 세계적으로 히트를 친 게임이었지만, 2의 성공에 비하면 초라하게 느껴졌다.

그만큼 2는 엄청난 대박을 친 것이다.

그런 만큼 1에서 뛰어났던 플레이어들은 관심을 많이 받았고, 이들을 인터뷰하려는 곳도 많았다.

"난 좀 자고올 테니까, 너도 적당히 하고 교대해라."

"예!"

"지수야. 너 아직 잘츠 왕국이야? 레벨 10 찍으면 에랑스 왕국으로 오기로 했잖아."

"어? 아. 그랬지?"

"아직도 레벨 10이 안 됐어?"

"어…… 되긴 됐는데, 퀘스트가 있어서."

"그래? 어떤 퀘스트야?"

"희귀한 퀘스트면 좋겠다!"

친구들이 기뻐하면서 물어오자 지수는 뭐라고 대답해야 하나 고민했다.

"타이럼 시 앞에서 토끼만 잡는, 사람은 착한데 성격은 약간 이상한 사람을 만났는데, 그 사람이랑 같이 돌아다니다가 영웅 직업으로 전직했어."

'애네들이 괜히 걱정할 것 같아……'

걱정이 많은 친구들이다 보니 사실대로 말하면 괜한 걱정을 할 것 같았다.

"직업 퀘스트인데…… 별거 아니야. 곧 깨고 그쪽으로 갈게. 너희들은 뭐하고 있어?"

"우리? 나는 마법사로 전직해서 마탑 퀘스트 깨면서 도시 구경하고 있어."

"나는 재봉사 길드 들어가서 재봉 스킬 배우고 있어. 재밌더라."

친구들은 게임을 그렇게 목숨 바쳐서 하는 성격이 아니었다.

적당히 레벨 업을 하고, 적당히 퀘스트를 하고, 아름다운 장소를 구경하고…….

사실 대부분의 플레이어들은 이렇게 했다.

태현처럼 저렇게 죽어라 노가다를 하는 플레이어가 소수였다.

에랑스 왕국은 마탑부터 시작해서 각종 생산 직업 길드가 있었고, 레벨 높은 NPC들이 많았다.

그렇기에 거기서 시작하는 유저들은 NPC들 밑에 들어가서 배우거나 퀘스트들을 받을 수 있었다.

잘츠 왕국이 괜히 욕을 먹는 게 아니었다.

주변 난이도는 높은데 왕국 내 시설은 형편없었고, 그나마 이름이 좀 알려진 건 사냥꾼들 정도였다.

다른 왕국의 사람들에게 잘츠 왕국을 물어보면 '야만인 놈들'이나, '산속에 박혀서 활만 쏠 줄 아는 놈들' 이런 말들이 들려왔다.
"너도 빨리 에랑스 왕국으로 와. 같이 다니자."
"어…… 나 기사 아저씨가 오셔서 먼저 가볼게! 다음에 봐!"
앞에 멈춘 차를 향해 지수가 뛰어가자 남은 친구들은 서로 쳐다보았다.
"지수가 뭔가 이상하지 않아?"
"뭐가?"
"얼마 전만 해도 잘츠 왕국 잘못 골랐다고 계속 우울해했잖아. 그런데 갑자기 기분이 좋아진 거 같은데?"
"퀘스트나 아이템이라도 발견한 거 아냐?"
"지수가 그런 걸로 기분 좋아질 만큼 단순한 애냐! 걔가 너냐!"
"왜 나한테 화를 내고 그래? 지수한테 물어보면 되잖아!"
"지수가 먼저 말을 안 해줬는데 물어보면 당연히 숨기겠지! 지수 성격 알면서 그래? 계속 묻다가 화내기라도 하면 어떡해!"
하나는 시영에게 화를 냈다. 시영은 어이가 없다는 표정으로 하나를 쳐다보았다.
'이것도 친구라고…….'
"그러면 네가 잘츠 왕국으로 찾아가서 뭐하고 있나 보든가."
"앗! 그러면 되나? 잠깐만. 잘츠 왕국은 난이도 높다며?"
"타이럼 시는 초보자 시작 도시니까 다른 곳보다는 낫겠지."
시영은 하품을 하며 대답했다.

"그래? 그러면 길드 사람들하고 같이 가볼까."

여학교지만 지수는 인기가 좋았다.

살짝 중성적인 느낌이 나는 아름다운 외모에 활발하고 친절한 성격. 성적도 그렇고 집안은 말할 것도 없었다.

✤

'내가 생각해도 나는 좀 미친 것 같아.'

태현은 기지개를 켜며 상태창을 켰다.

이름: 김태현

레벨: 24

직업: 백수

HP(체력): 330

MP(마력): 330

힘: 10, 민첩: 10

체력: 10, 지혜: 10

행운: 960

보너스 스탯: 0

초급 검술 3 (80%)

초급 요리 4 (55%)

초급 도축 2 (35%)

레벨은 기껏 2가 올랐지만, 행운은 거의 2배 가까이 뛰어 있었다.

요리도 스킬 레벨 4를 찍은 상태.

이유는 간단했다.

타이럼 사냥꾼들한테 요리를 해주고 나서 재료가 떨어지면 밖으로 나가서 토끼를 잡았다.

하도 많이 잡아서 일시적으로 토끼가 나오지 않을 때까지 잡고 나면, 토끼고기를 갖고 돌아갔다.

그러면 다시 요리를 하는 것이다.

이 짓을 질리지도 않고 계속 반복했다.

이미 토끼를 잡아서 레벨 업 할 단계는 아니었지만 태현은 아랑곳하지 않았다.

'안 오를 때까지 스탯을 올린다!'

태현의 가장 큰 장점은 뛰어난 컨트롤이 아니었다.

한 번 방향을 정하면 절대 멈추지 않는 끈기였다.

"정말 맛있는 토끼 요리군."

"대단해! 이런 토끼 요리를 매일 먹을 수 있다면 더 바랄 게 없겠어."

"정말 맛있긴 한데, 다른 요리는 없나? 우리가 사슴이랑 곰도 잡아왔는데……."

"제발 다른 요리 좀 해줘! 누가 소피아 좀 불러봐!"

덕분에 죽어 나가는 건 타이럼 사냥꾼들이었다.

그래도 다양한 요리를 먹던 그들이었다.

처음에는 태현이 맛있는 요리를 해주는 것에 기뻐했지만, 그가 계속 토끼만 요리해 주자 질려서 괴로워하기 시작했다.

태현이 우호도가 낮으면 태현에게 그만하라고 협박이라도 누가 했겠지만, 태현은 타이럼 사냥꾼 우호도가 최고인 상태.

모두가 괴로워하면서도 태현의 호의를 받아들였다.

"우욱……. 토끼고기는 이제 싫어……."

'검술에 요리에 도축에…… 토끼 잡으면서 행운도 올리고. 완벽하군.'

태현은 몰랐지만, 쉬고 돌아온 최명성 팀장은 태현의 스탯을 보고 거품을 물고 있었다.

"저놈은 잠도 안 자냐!?"

"좋아, 이제 좀 쉬었으니까……."

"……!"

"대장장이 기술도 좀 배워야겠다. 타이럼 사냥꾼들이 쓰는 대장간은 어디 있습니까?"

최명성은 뒤로 넘어졌다.

행운 덕분에 생각지도 못하게 친해진 것이었지만, 타이럼에서 사냥꾼들과 친하다는 건 엄청난 장점을 갖고 있었다.

타이럼 시의 가장 큰 세력이 타이럼 사냥꾼들이었다. 이들이 친하게 지내는 대장간, 음식점, 주점, 여관…… 따지면 한둘이 아니었다.

즉, 타이럼 사냥꾼들과 친하다면 이 모든 곳에서 친절한 대접을 받을 수 있는 것이다.

새로 시작하는 초보자들은 절대로 받을 수 없는 대접이었다.

"저리 꺼져! 소금 뿌리기 전에!"

"시키시는 건 뭐든지 하겠습니다! 제발 퀘스트를 주세요!"

"네깟 놈이 뭐라고 일을 시키겠냐! 대장장이 일이 만만해 보여? 저리 꺼져!"

플레이어 한 명이 대장장이의 다리를 붙잡고 늘어지다가 쫓겨나고 있었다.

백발이 성성하고 성질이 더러워 보이는 대장장이는 고래고래 소리를 질러댔다.

"다시 왔다가는 망치로 머리통을 후려갈겨 줄 테다!"

'좀 심하군. 설마 나한테도 저러나?'

판타지 온라인 2 NPC들은 사람이나 마찬가지였다.

성격이 다양했고, 당연히 그중 성질이 더러운 사람도 있었다. 이런 사람들은 접근할 때 조심해야 했다. 그렇지 않으면 저렇게 쫓겨나는 신세가 되니까.

"너는……."

대장장이가 그를 쳐다보자 태현은 긴장했다.

"아! 새로운 타이럼 사냥꾼이로군. 들어오게, 들어오게! 뭐가 필요해서 왔나!"

CHAPTER 4

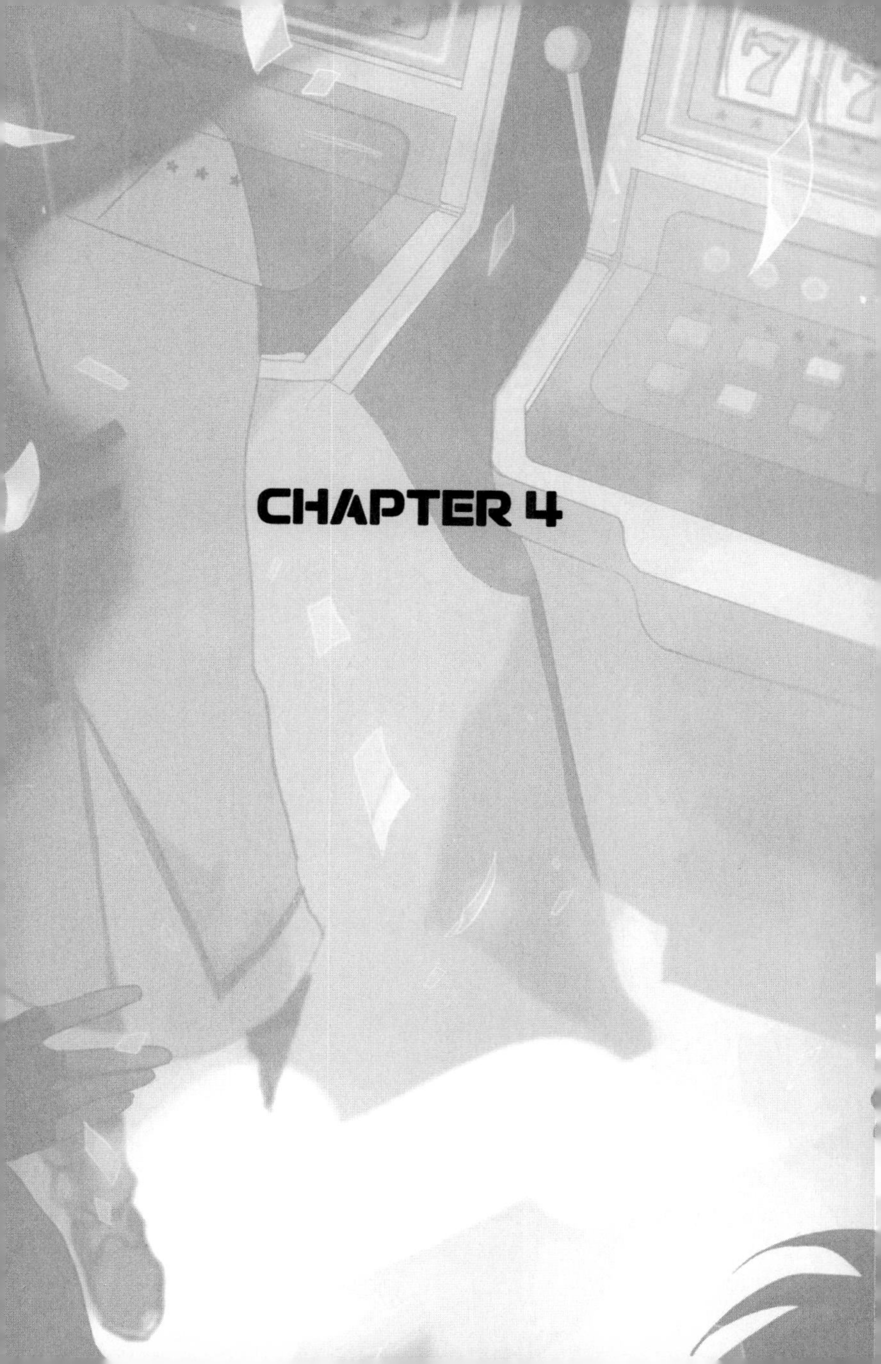

"저, 저놈 뭐야!?"

쫓겨난 플레이어, 구성욱은 어이가 없어서 중얼거렸다.

모두가 잘츠 왕국을 하지 말라고 말렸을 때, 구성욱은 오히려 잘츠 왕국을 선택했다.

"모두가 안 고른다면 초반만 잘 넘길 경우 퀘스트나 아이템을 독점할 수 있겠지?"

그의 계산은 어느 정도는 맞았다.

실제로 잘츠 왕국은 다른 왕국에 비해 경쟁이 적었던 것이다.

그러나 그걸 감안해도, 잘츠 왕국은 너무 가진 게 없었다.

그가 마법사가 아니어서 망정이었지 마법사였다면 여기서 아무것도 못했을 것이다.

어찌어찌 초반을 넘겼다. 그런 다음 잘츠 왕국의 수도, 리베라시로 가서 퀘스트에 전념했다.

워낙 판타지 온라인 2를 하는 사람이 많았기에, 잘츠 왕국에서 시작한 사람도 비교적 적었을 뿐이지 찾으면 찾을 수 있었다.

게다가 다른 곳에서 레벨을 올린 플레이어들이 필요해서 온 경우도 있었다.

덕분에 길드를 만들 수 있었고, 희귀 직업인 쌍검술사로 전직할 수도 있었다. 레벨도 84. 어디 가서 밀리는 레벨은 아니었다.

문제는 퀘스트를 깨던 도중에 발생했다.

<대장장이를 찾아라>

잘츠 왕국에서 가장 뛰어난 사냥꾼을 찾기는 어렵다. 각 도시의 사냥꾼들은 자기가 최고라고 우기니까.

그러나 가장 뛰어난 대장장이를 찾는 건 쉽다.

타이럼에 있는 대장장이 구렌달은 잘츠 왕국 최고의 대장장이다.

그를 찾아가 [차가운 울음의 검]의 제조법을 알아내라.

영웅 등급의 아이템, 차가운 울음의 검!

아이템도 직업처럼 '일반-희귀-영웅-전설'로 등급이 나뉘었다.

희귀 등급보다 더 좋은 일반 등급 아이템도 있었고, 영웅 등급보다 더 좋은 희귀 등급 아이템도 있었지만 대체적으로 등급이 높아지면 성능도 좋아졌다.

그리고 현재 시중에 풀린 아이템 대부분은 희귀 등급의 아이템.

희귀 등급의 아이템만 해도 거래 사이트에 가면 몇백에서 몇천만 원까지 거래됐다.

그런데 영웅 등급이라니!

탐을 내지않을 수가 없었다.

그래서 여기에 왔다.

'초보자에서 탈출하고 나서 다시는 타이럼 시에 오지 않겠다고 마음먹었는데……'

타이럼 시에서 시작한 플레이어들은 레벨이 10을 넘어가기 시작하면 모두 비슷한 반응을 보였다.

"내가 다시는 이 도시에 안 온다!"

그러나 안 올 수가 없었다. 퀘스트를 깨야 했으니까.

그런데 구렌달은 생각보다 까칠했다. 말만 걸어도 성질을 내니 뭘 할 수가 없었다.

그런 상황에서 레벨도 낮아 보이는 플레이어가 저렇게 쉽게 대화를 성공하니 놀라웠다.

"저, 저기요."

"……?"

태현은 고개를 돌렸다.

"저 대장장이하고 어떻게 친해지신 겁니까?"

"별로 안 친한데요?"

"……아니, 저한테는 욕하는데 그쪽한테는 친절하게 대하잖습니까!"

태현은 구성욱을 빤히 쳐다보았다.

"맨입으로 얻으시려고?"

"네?"

"레벨도 높아 보이시는데, 투자 좀 하시죠."

"아, 아! 네."

구성욱은 눈치가 있었다. 판타지 온라인 1에서도, 2에서도 똑같은 게 있었다.

정보는 공짜가 아니다!

게시판에 올라오는 정보글은 많았지만 정말로 중요한 정보글은 올라오지 않았다.

생각해 보면 당연했다.

누가 중요한 정보를 공짜로 풀겠는가. 스스로 손해 보는 일인데.

"10실버 정도?"

태현은 대답을 하지 않았다.

"어…… 50실버?"

"……."

"1골드?"

"……."

"아니, 그냥 얼마를 원하시는지 말하세요!"

"저는 돈의 액수를 중요시하게 생각하지 않습니다."

물론 거짓말이었다. 태현은 판타지 온라인 1에서부터 돈에 매우 집착했다.

판타지 온라인의 인기는 전 세계적이었다. 현실 돈을 게임 내 돈으로 바꿀 수 있었고, 게임 내 돈을 현실 돈으로 바꿀 수 있었다. 실제로 그런 식으로 수입을 올리는 플레이어들도 많았다.

그러나 태현은 수입 때문에 그런 식으로 하는 게 아니었다. 현실 돈은 어차피 많았다.

'장비를 맞추려면 돈이 필요하니까…….'

노가다를 아무리 하더라도 장비를 만들려면 재료가 필요했고, 그 재료는 혼자서 다 모으기는 힘들었다.

어느 정도는 결국 돈을 주고 사야 했던 것이다.

그리고 현실 돈을 써서 게임 아이템을 사는 건 태현의 미학에 어긋났다.

-어디까지나 게임은 게임 안에서 해결하자!

"돈의 액수를 중요시하게 생각하지 않는다고요?"

"성의가 중요한 거죠. 성의가."

씨알도 안 먹힐 거짓말을 하는 태현을 보고 구성욱은 기가 막혔다. 딱 봐도 돈 더 달라는 거 아닌가.

"제가 정보 얻어내는데 들인 노력이나 그런 게 있잖습니까. 그런 걸 그냥 돈으로 냉정하게 환산하면 제 마음이 아프지 않겠어요?"

"아니, 뭔 마음까지 아픈……?"

"다른 사람 알아보시던가요."

태현은 망설이지 않고 몸을 돌렸다. 구성욱은 바로 웃으면서 태현의 팔을 잡았다.

"마음이 아플 수도 있죠! 하하하!"

"그래서 성의가 필요한 겁니다."

구성욱은 태현을 한 대 때리고 싶다고 생각했다. 그는 한숨을 쉬며 골드를 꺼냈다.

차가운 울음의 검의 가치를 생각해 보면 몇십 골드를 줘도 남는 장사였다.

"20골드? 이게 다예요?"

"더 드리고 싶은데 지금은 가진 돈이 없습니다."

"더 있으실 것 같은데."

"아니, 진짜 없어요. 장비 맞추느라 돈을 다 썼습니다."

구성욱은 그가 초보자 비위를 맞추기 위해 이런 사정까지 말해야 하나 슬퍼지기 시작했다.

물론 돈이 더 있기는 했지만, 그것까지 줄 수는 없었다. 이건 돈보다 자존심 문제였다.

"뭐, 이 정도면 성의가 느껴지네요."

'한 대 때리고 싶다. 진심으로.'

"저 대장장이와 친해지려면 대장장이한테 친한 척을 하지 마시고, 타이럼 사냥꾼들한테 친한 척을 하세요. 그러면 자연스럽게 친해질 겁니다."

"네? 타이럼 사냥꾼들이요?"

구성욱은 질색했다. 타이럼 사냥꾼들과 친해지라니.

"타이럼 사냥꾼들한테 뭐 원한이라도 있습니까?"

"원한은 없는데…… 그놈들하고 어떻게 친해지셨어요?"

구성욱은 타이럼 사냥꾼 이야기만 해도 치가 떨리는 것 같았다.

실제로 그는 초보자 시절에 타이럼 사냥꾼들과 엮여서 엄청난 고생을 했던 것이다.

'무식하기는 더럽게 무식해 가지고…… 아오.'

구성욱도 처음에는 달랐다.

타이럼 시에서 시작했으니 여기서 퀘스트를 깨려고 했었다. 타이럼의 사람들과 친해지면서 성장을 하려고 했었던 것이다.

그러나 타이럼 사냥꾼들이 주는 퀘스트를 받으면서 생각이 바뀌었다.

보상은 더럽게 짜게 주는데, 시키는 건 난이도가 높았던 것이다.

이러니 여기에 남을 생각이 들지 않았다. 구성욱은 잘츠 왕국의 수도로 떠났다.

그리고 그 결정을 조금도 후회하지 않았다.

'타이럼에 있는 놈들은 모두 야만인이 분명해. 개발진 놈들이 만들 때 그렇게 만든 거야!'

"어떻게 친해졌냐니. 지금 그거 몰라서 묻는 겁니까?"

태현의 눈빛을 본 구성욱은 그가 무슨 생각을 하고 있는지 알아차렸다.

'그 레벨을 찍고서 NPC와 친해지는 방법을 모르는 거냐?'

"주는 퀘스트 깨고 달라는 거 구해다 주고 하면 되잖아요."

"아, 아니. 그건 아는데…… 무리한 거 시키지 않습니까?"

"그거야 뭐 어쩔 수 없죠."

태현은 쿨하게 대답하고 고개를 돌렸다. 이미 돈 받았으니 굳이 친절할 필요가 없었다.

구성욱은 뭔가 속은 느낌을 받았다.

타이럼 사냥꾼들과 친해지면 저 대장장이한테 호감을 살 수 있다는 건 좋은 정보였지만, 저게 과연 20골드를 줄 만한 정보였을까?

"으음…… 일단 해보겠습니다. 감사합니다!"

대화를 끊은 건 대장장이 구렌달이었다. 안에서 크게 고함을 지른 것이다.

"언제 들어올 건가! 안 들어오나?"

"지금 들어갑니다!"

친밀도가 높아도 성질이 사나운 이상 기다리게 해서 좋을 게 없었다. 태현은 바로 뛰어 들어갔다.

"대장장이 기술의 핵심은 별거 없다. 힘과 끈기! 그것만 있으면 다 돼!"

"국영수 중심으로 교과서 공부하라는 거랑 비슷한 소리 같은데……."

태현은 그렇게 중얼거리며 망치를 내리쳤다.

가상현실 게임은 마우스로 클릭하면 되는 것과 달랐다. 직접 몸을 움직여야 하는 것이다.

불똥이 튀고, 실감 나게 옆에서 열기가 느껴졌다.

태현은 묵묵히 망치를 휘둘렀다.

[대장장이 기술을 배웠습니다.]

[대장장이 기술 스킬이 상승합니다.]

“자네, 어거스트가 그렇게 칭찬한 것 치고는 힘이 별로군?”

“죄송합니다. 최선을 다하겠습니다!”

행운에만 스탯을 투자한 후유증!

다른 스탯은 초라할 수밖에 없었다. 태현은 재빨리 외쳤다.

구렌달의 성격은 이미 봐서 알고 있었다. 성격에 맞지 않으면 쫓아낼 수도 있었던 것이다.

“아니, 힘이 안 좋다면 어쩔 수 없지. 이거라도 끼게나.”

“……!”

[초보 대장장이를 위한 팔찌를 얻었습니다.]

초보 대장장이를 위한 팔찌: 내구력 30/30. 착용 시 힘 20 상승.

전통적으로 대장장이들이 물려받던 팔찌. 구렌달이 스승에게 받았던 팔찌다.

‘힘이 20이나 오른다고?’

태현은 입이 벌어지는 걸 참아야 했다. 저런 아이템을 그냥 ‘오다 주웠다’하는 느낌으로 주다니.

갑자기 구렌달의 험악한 외모가 잘생기게 느껴졌다.

"감사합니다! 그러고 보니 제 끈기도 좀 부족한데……."

"그러면 이걸 껴보게."

[초보 대장장이를 위한 벨트를 얻었습니다.]

초보 대장장이를 위한 벨트: 내구력 35/35. 착용 시 지구력 20 상승. 전통적으로 대장장이들이 물려받던 벨트. 구렌달이 스승에게 받았던 벨트다.

"……!"

설마 해서 꺼내봤는데 정말 주다니. 이쯤 되자 구렌달이 산타처럼 느껴지기 시작했다.

[지구력 스탯이 생성되었습니다.]

판타지 온라인 2에서는 보이지 않는 스탯도 많았다. 그런 스탯들은 특정 상황에서 생기거나 퀘스트를 통해 생기곤 했다.

지구력도 그런 경우였다.

"그러고 보니 제가 마력이 좀 부족한데……."

"……?"

구렌달은 그걸 왜 나한테 묻냐는 표정으로 태현을 쳐다보았다.

'역시 이거까지는 안 되는구나.'

태현은 빠르게 포기하고 아이템을 장착했다.

"일단 단검부터 만들어보게. 타이럼 사냥꾼들에게 보낼 단검 10개가 필요하니까."

<단검 만들기>

대장장이 구렌달은 타이럼 사냥꾼들이 쓰는 무기를 만든다. 그들이 쓸 단검을 만들어라.

실패할 경우 구렌달도, 타이럼 사냥꾼도 실망할 것이다.

보상: 구렌달의 신뢰도 상승. 연계 퀘스트, ??실버

실버 앞에 '??'가 붙은 걸 보니 단검의 질에 따라 보상이 달라지는 게 분명했다.

'뭐, 어차피 일반 등급이 나오겠지. 그중에서도 가장 최하로.'

태현의 대장장이 기술은 지금 막 익힌 수준이었다.

그런 기술로 단검을 만든다면 실패나 하지 않게 주의해야 했다.

생각지도 못한 아이템도 받았겠다, 태현은 욕심을 버리고 망치를 두드렸다.

'실수만 하지 말자.'

[가볍고 질 좋은 단검을 만들었습니다.]

가볍고 질 좋은 단검: 내구력 20/20. 공격력 40.

만든 사람의 솜씨는 형편없지만 어째서인지 성능이 좋은 무기다. 아키서스가 장난을 친 게 분명하다.

단검에서는 푸른색 빛이 났다. 태현은 깜짝 놀라서 등급을 확인했다.

<아이템 등급: 희귀>

"희귀 아이템!?"

"뭐야. 왜 호들갑인가?"

태현이 놀라자 구렌달이 턱을 긁으며 다가왔다. 그는 태현이 들고 있는 단검을 보더니 깜짝 놀랐다.

"이걸 자네가 만들었다고!?"

"저도 놀랐습니다."

"아니, 진짜로 자네가 만들었다고!? 혹시 장난치는 건 아니겠지?"

구렌달은 몇 번이고 물어본 다음 단검을 훑어보았다. 그는 귀신에 홀린 것 같은 표정이었다.

"솜씨는 형편없지만 균형도 잘 잡혀 있고 날도 제대로 서 있어. 이건 기적이야! 대체 어떻게 이런 게 가능한 거지?"

태현은 이유를 알 수 있었다.

행운 때문이었다.

'이게 이렇게도 작용을 하나?'

아무리 대장장이 기술 스킬이 높아도, 언제나 대단한 아이템이 나오지는 않았다. 1에서도 그랬다.

높은 등급의 아이템이나, 스탯이 높은 아이템은 일정 확률로 나왔다.

대장장이 기술 스킬은 나올 수 있는 아이템의 성능과 그 확률을 올리는 효과가 있었다.

그러나 태현은 행운만으로 그 확률을 뚫어버린 것이다.

"그런데 아키서스가 누굽니까?"

"아키서스? 행운의 신이잖나. 갑자기 그건 왜 묻나? 이런 일이 생겨서 자네도 얼떨떨한가?"

"하하. 그러네요."

게시판에 정리된 기본적인 정보를 보지 않고 시작하다 보니 이런 문제가 생겼다.

'행운의 신이라고? 아키서스가 장난을 쳤다는 건 그냥 표현인가 보네.'

엄청나게 희박한 확률을 뚫고 나왔을 때 쓰는 표현.

"허, 참. 자네한테는 재능이 있나 보군. 어거스트한테 말은 들었지만, 힘이나 두드리는 모습이 영 어설퍼서 별 기대를 안 했는데……."

[구렌달의 평가가 상승합니다.]

"나머지 단검도 만들어보게. 기대되는군."

"예!"

대답은 씩씩하게 했지만 살짝 불안해졌다. 행운은 언제든지 뒤통수를 칠 수 있는 스탯이었다.

만약 다음에 만든 아이템은 평범하다면?

'뭐, 상관없나?'

어차피 퀘스트 자체는 10개만 만들면 되는 것이었다.

방금처럼 희귀 등급의 아이템을 만들지 못해도 구렌달이 그를 탓하지는 않을 것이다.

태현은 아직 대장장이에서는 초보였으니까.

[가벼운 단검을 만들었습니다.]

[가벼운 단검을 만들었습니다.]

[가볍고 질 좋은 단검을 만들었습니다.]

[가볍고 질 좋은 단검을 만들었습니다.]

[대장장이 기술 스킬이 상승합니다.]

[매우 가볍고 질 좋은 단검을 만들었습니다.]

"……!"

갑자기 뜨는 눈부신 보라색 빛. 다시 자기 일을 하던 구렌달은 깜짝 놀라서 뒤를 돌아보았다.

"뭐야!?"

매우 가볍고 질 좋은 단검: 내구력 40/40. 공격력 90.

공격 속도 1.5배. 치명타 확률 10%.

인벤토리 무게에 잡히지 않음.

장비 무게에 잡히지 않음.

일정 확률로 출혈, 기절, 부위 파괴 발동.

만든 사람의 솜씨는 형편없지만 어째서인지 성능이 미친 듯이 좋은 무기다. 아키서스가 내려와서 만들고 간 게 아닌지 의심해야 할 것이다.

태현은 바로 아이템 등급을 확인했다.

<아이템 등급: 영웅>

"이, 이건…… 정말 대단하군! 정말 대단해!"

구렌달은 계속 대단하다는 말만 되풀이했다. 그는 한동안 태현이 만든 단검만 보더니 고개를 끄덕였다.

"확실해. 자네는 재능이 있어! 나보다도 더 뛰어난 재능이!"

"아니, 그건 재능이 아니라……."

"자네 같은 인재를 발견했는데 뛰어난 대장장이로 키우지 못한다면 나는 목을 매달아야 할 거야! 스승님을 볼 얼굴이 없겠지!"

<영웅 직업-비전 대장장이 전직 퀘스트>

비전을 이어받은 대장장이 구렌달은 언제나 자기보다 뛰어난 재능을 갖고 있는 제자를 찾아왔다.

당신은 구렌달의 눈에 들 만큼 뛰어난 재능을 갖고 있는 사람. 구렌달은 당신을 제자로 삼아 비전을 이어가려고 한다.

잘츠 왕국에서 가장 뛰어난 대장장이 중 하나인 구렌달의 직속 제자는 흔히 잡을 수 있는 기회가 아닐 것이다.

보상: 비전 대장장이로 전직.

'아니, 이놈의 도시는 왜 다 강제로 취직을 시키려고 하는 거야?'

다른 사람이 들었다면 배가 불렀다고 욕을 먹을 생각이었다.

다른 사람들은 희귀 직업만 되도 구하려고 온갖 짓을 다 하는데, 태현은 희귀 직업, 영웅 직업도 다 거절하고 있으니 말이다.

"죄송합니다. 저는 하고 싶은 다른 게 있어서……."

백수로 레벨을 계속 올리겠다는 말은 차마 나오지 않았다.

'아무리 구렌달이라도 화를 내겠지.'

"그런! 대체 뭘 해야 하기에! 대장장이라서 불만인가? 대장장이는 절대 만만한 직업이 아닐세!"

'그건 내가 더 잘 알아. 이 사람아.'

판타지 온라인 1에서 대장장이로 그 짓을 하고 다녔는데 대장장이를 얕볼 리 없었다.

"기사보다 화려하지 못하더라도, 전사보다 강하지 못하더라도, 그런 놈들이 굽실거리는 게 누군지 아나? 바로 우리, 대장장이란 말일세!"

"정말 죄송합니다."

[구렌달이 매우 실망합니다.]

'젠장.'

"그렇다면 어쩔 수 없겠지……. 대장장이 기술을 배우고 싶다면서 대장장이로 전직하고 싶지는 않다니. 이해는 가지 않지만 존중해 주겠네. 언제라도 내 밑에서 수련하고 싶다면 말하게나."

"감사합니다."

[퀘스트가 완료되었습니다.]

[단검 제작 기술을 획득했습니다. 재료와 방법에 따른 다양한 제작이 가능해집니다.]

단순히 단검을 만든다고 하더라도, 재료를 뭐로 쓰고 시간을 얼마나 들이는지에 따라 얼마나 좋은 아이템이 나오는지 달라졌다.

지금 태현이 만든 단검은 그냥 평범한 강철과 가죽을 사용해서 만든 것이었다.

물론 그래도 영웅 등급의 아이템인 만큼, 성능은 미친 듯이 뛰어났지만.

은이나 백금, 흑철, 진은(眞銀)이나 아다만티움 같은 고급 재료를 사용했다면 정말 어마어마한 아이템이 나왔을 수도 있었다.

'문제는 내가 스킬이 낮아서 그런 건 아직 못 다룬다는 거고……'

태현은 이 단검이 어느 정도의 성능인지 궁금해졌다.

다른 아이템에 비교하면 월등히 뛰어나고, 레벨 제한도, 스탯 제한도 없었으니 분명 좋은 아이템이기는 한데…….

좋은 아이템에는 레벨 제한이나 스탯 제한이 있었다. 그래서 고레벨로 가면 마법사들은 레벨에 맞는 단검 하나 끼기도 힘들었다.

-아니, 왜 단검에 힘 제한이 있어!? 단검도 힘이 있어야 드냐!

이런 항의도 있었지만 어쩔 수 없었다. 대부분의 설정은 인공지능이 만들었으니까.

"한 번 찾아볼까?"

판타지 온라인 2 매니아는 전 세계의 플레이어들이 즐겨 찾는 사이트였다.

당연히 올라오는 글 속도도 어마어마했다.

태현은 별생각 없이 아이템 사진을 올렸다. 어차피 글이 엄청나게 올라오니 그가 올려도 대답 몇 개 정도 받고 묻힐 거라고 생각한 것이다.

-이런 단검 나왔는데 이 정도면 어느 정도 성능이냐?

그리고 태현은 자리에서 일어났다. 조금 쉴 생각이었다.

"아들, 이제까지 게임만 했냐?"

"조건 채우면 다음 학기까지는 자유 아니었습니까?"

"그렇지만 앉아서 게임만 하면 몸 썩는다."

그렇게 말하며 김태산은 주먹을 부딪쳤다.

"오랜만에 스파링이나 할까?"

태현의 아버지, 김태산은 운동을 좋아했다. 태현은 어렸을 때부터 아버지에게 격투기를 배웠다.

물론 최근은 하지 않았다.

그 이유는…….

"싫어요. 제가 이기면 또 삐지실 거잖아요."

"삐, 삐지기는 누가! 누가 삐졌다고 그러냐!"

"아버지 지면 이길 때까지 계속하자고 우겨서 피곤하다고요."

태현은 고개를 절레절레 저었다. 언제부턴가 운동은 혼자서 하게 되었다.

김태산은 찔렸는지 말을 돌렸다.

"크흠. 그래서 너…… 그 게임 하고 있다고 했지? 판타지 온라인 2."

"네. 아버지도 관심 있으시면 같이하시죠?"

"됐다. 이 나이에 무슨 게임이냐."

"에이…… 아버지 게임 폐인이었던 거 다 아는데……."

태현은 무슨 소리를 하냐는 듯이 김태산을 쳐다보았다.

어릴 때의 기억이 아직도 생생했다.

리X지라는 게임에 빠져서, 폐인처럼 게임만 했다가 어머니한테 등짝을 맞았던 것이다.

"그때 분명 집에 덩치 큰 아저씨들도 많이 왔었는데. 아버지한테 성주님, 성주님 하면서……."

"무, 무슨 소리냐? 그런 적 없어?"

"아버지. 어릴 때라고 제 기억력 무시하지 마세요. 다 기억합니다. 그거 길드였죠? 아버지가 길드 마스터였고. 잠깐, 그 아저씨들 외모가 좀…… 설마 조폭이었나?"

"조폭은 무슨! 같은 체육관 친구들이었어!"

"그러면 같이 논 건 맞네요?"

"컥!"

태현의 유도신문에 걸렸다는 걸 깨달은 김태산은 신음했다.

"치기 싫다는 사람들 억지로 데리고 가서 골프 치지 말고, 그때 친구분들하고 연락해서 판타지 온라인 2 해보세요. 재밌어요. 어머니랑도 같이하셔도 좋고. 여행하는 재미도 있으니까."

"됐다. 인마. 난 골프나 칠란다."

"안에서 쳐도 좋을 텐데……."

"그런데 너, 그렇게 게임을 열심히 하는 거 보니 게임 안에서 어느 정도냐?"

왕년에는 랭커였다 보니 김태산은 아들이 어느 정도 위치인지 궁금해졌다.

아무리 그래도 내 아들인데. 순위가 높겠지?

"저 아직 전직도 못 했는데요?"

"뭐!? 왜!?"

"하고 있는 게 있어서……."

"게임을 어떻게 하는 거야! 하기로 마음을 먹었으면 랭킹 안에 들고, 방송도 타고, 정말 잘하면 아예 그런 프로 게이머로 나가도 되고!"

"그냥 재미로 하는 건데 뭘 그렇게까지 해요."

"이 자식은 말만 하면 내 속을 긁네. 재능을 좀 썩히지 마! 넌 게임을 해도 잘할 수 있잖아!"

"이 정도면 잘하고 있는 거 아닌가?"

"아냐, 인마!"

"그러면 아버지도 와서 저랑 한 판 붙으시죠."

"뭐? 그러면 한 번 해보…… 아니, 게임 안 한다니까!"

"쯧."

넘어오게 할 수 있었는데. 태현은 아쉬움에 혀를 찼다.

속을 뻔했다는 걸 알아차린 김태산은 태현을 노려보았다.

"나가, 인마! 나가서 동네나 한 바퀴 뛰고 와!"

"아니, 지하에 러닝머신 있는데 왜 동네를?"

"뛰어! 가서 뛰어!"

태현이 투덜거리며 운동복을 입고 밖으로 나가자 김태산은 주변을 두리번거리며 핸드폰을 꺼냈다.

"어, 그래. 나야. 너 아직도 게임 하지? 판타지 온라인 2라고 아냐?"

건강한 육체에 건강한 정신이 깃든다.

흔히들 게임 폐인이라고 하면 계속 앉아서 게임만 하는 이미지가 떠오르지만, 태현은 그렇지 않았다.

"게임 내 노가다도 체력이 필요하다!"

체력이 없으면 게임 내 노가다도 하기 힘들었다.

가상현실 게임에서는 아닐 것 같았지만, 오히려 더 필요해졌다.

실제로 몸을 움직여서 싸우는 것이다 보니 격투 센스가 없으면 많이 불편한 것이다.

실제로 지수도 그래서 고생을 했고.

'걔는 진짜 너무 심하게 몸치야. 학교에서 왕따나 안 당하려나.'

걱정이 될 정도였다. 태현은 달리기를 마치고 기지개를 켰다.

어렸을 때부터 꾸준히 한 격투기와 운동이 게임을 할 때에도 도움이 되고 있었다. 컨트롤의 절반은 거기서 나오고 있겠지, 태현은 그렇게 생각했다.

"순대국밥 하나요!"

"아이고, 오랜만이네. 왜 이렇게 안 왔어?"

"하하. 죄송해요."

운동을 끝내고 들른 곳은 단골 순댓국밥집이었다.

태현은 여기의 순대국밥을 좋아했다. 태현의 얼굴을 알아본 아주머니가 반갑게 인사했다.

"자. 여기! 건더기 듬뿍 넣었어."

"감사합니다!"

신나게 숟가락을 들어 입에 퍼넣고 있는데, 가게 안의 TV에서 뉴스가 나왔다.

-상한 없는 임대료에 등골이 휘는 자영업자, 오늘은 건물주의 '갑질'에 피해를 입은 자영업자들을 모셨습니다.

"아이고, 큰일이야."

"예? 뭐가요?"

먹던 태현은 고개를 들었다. 아주머니가 TV를 보면서 혀를 차고 있었다.

"건물주 잘못 만나면 장사하는 사람은 진짜 고생하는 거잖아. 나도 좀 걱정이네."

"네? 여기 건물주가 아주머니한테 뭐 갑질이라도 했어요?"

태현은 여기 건물주가 누군지 알고 있었다.

그의 아버지였다.

물론 아주머니는 몰랐지만…….

"아니, 우리 건물주는 착한 사람이지. 동네에서 인심 좋다고 소문났고……. 그런데 들어보니까 그 사람한테 아들이 있더라고."

"……?"

태현은 고개를 갸웃거렸다. 그게 무슨 상관이지?

"그게 뭔 상관이에요?"

"우리 집이 장사가 잘되잖아. 저번에 건물주가 와서 밥 먹고 가는데 자기 아들 한탄을 한 시간 넘게 하더라고. 대학도 어디 이상한 곳을 들어가서 앞으로 뭘 어떻게 할지를 모르겠다고."

"……."

태현은 주먹을 움켜쥐었다. 이 인간이 어디 밖에서 헛소리를?

"건물주 양반이 착하고 사람 좋은 사람이기는 한데, 원래 사람이 자기 자식 일에는 약해지잖아. 나중에 자기 아들 직장이라도 만들어줘야겠다고 우리 내보내면 어째?"

아주머니는 근심스러운 얼굴로 말했다.

실제로 가능하긴 했다.

장사가 잘되는 대박집은 건물주도 탐을 내게 마련이었으니까.

내보내고 자기 가족을 넣거나 하는 일은 분명 일어날 수 있었다.

물론 상황을 알고 있는 태현에게는 어림도 없는 소리였다.

그가 이 대박집을 탐내서 아버지한테 부탁을 한다니.

태현은 일단 헛소문부터 고치려 했다. 동네 사람들한테 오해받고 싶지는 않았다.

"에이, 그거 아닐걸요. 제가 알기로 거기 집 아들은 성실하고, 인성 좋고, 노력파에, 얼굴은 조금 험악할지는 모르지만……."

잘생겼다고 말하려다가 양심이 찔려서 고쳤다.

"대학도 한국대학교 들어갔다고요. 여기를 넘보지는 않을 거예요."

"그래? 한국대학교를?"

한국 최고의 대학교라고 하니 아주머니도 놀란 것 같았다.

"그런데 그 양반은 왜 그런 소리를 했지?"

그야 태현이 1등을 해놓고서도 의대나 법대가 아닌 국문학과를 가서였지만, 태현은 입을 다물었다. 굳이 말할 필요가 없었으니까.

"그 건물주라는 사람, 김태산 씨 맞죠?"

"어? 총각이 그걸 어떻게 알아?"

"저도 여기 사니까 소문으로 들었죠. 그 사람, 사람은 좋은데 요즘 좀……."

태현은 손가락을 머리 옆에 두고 빙빙 돌렸다.

"약간 이상한가 봐요. 술을 너무 많이 마셔서 그런가 헛소리를 한다고……."

"어머, 그래!?"

"네네. 거기 아들은 성실하다고 소문이 났으니까 그런 걱정은 안 하셔도 돼요."

"총각은 어떻게 그렇게 잘 알아?"

"제가 그 집 아들하고 고등학교 때 동창이었거든요."

태현은 얼굴색 하나 바뀌지 않고 뻔뻔하게 거짓말을 했다.

아주머니는 한결 가벼워진 얼굴이었다.

"그러면 다행이네. 잘 먹었어?"

"네. 맛있네요. 아주머니도 고민이 해결되셔서 다행이고요!"

"그래. 우리 딸도 총각처럼 활발했으면 좋겠는데 말이야."

"네?"

태현은 뒤를 쳐다보았다. 그가 알기로, 여기 아주머니의 딸, 주현영은 주방에서 일하고 있었다.

태현이 여기 단골이다 보니 가끔 얼굴 볼 때가 있었다.

'수줍음을 많이 타지만, 얼굴 예쁘고 요리 잘하는데 그 정도면 완벽한 거 아닌가?'

"현영이가 뭐 문제 있어요?"

"젊은 애가 밖에 안 나가고 일만 하니까 그렇지. 걱정이야. 저래서 시집은 제대로 갈는지……."

"에이. 일 제대로 하는 게 어디에요. 안 돌아다닐 수도 있죠."

"안 돌아다니더라도 애가 취미 생활이 없다니까? 일은 나 혼자 해도 되니 뭘 좀 하라고 시간을 줘도 그냥 나와서 요리를 하니까……."

'그래서 이렇게 맛있는 건가?'

요리에만 정성을 다하니 맛있을 수밖에 없었다.

"총각은 취미가 뭐야?"

"저요? 저는 게임하죠."

"무슨 게임?"

"이번에 나온 판타지 온라인 2라고 있는데…… 아세요?"

"아, 그거? 나도 뉴스에서 봤지."

가상현실 게임 중에서 독보적인 완성도와 규모를 자랑하고 있으니, 뉴스에서도 연달아 나왔다.

게임 내 이야기만을 다루는 케이블 채널이 따로 만들어질 정도였으니 당연했다.

"그게 그렇게 재밌나? 나도 현영이한테 해보라고 할까……."

누구는 게임하겠다고 싸워야 하는데 누구는 게임을 하라고 등을 밀어주다니.

태현은 어깨를 으쓱거리며 말했다.

"재밌으니까 한 번 해보라고 하는 것도 나쁘지 않을 거예요."

"그래. 한 번 시켜봐야겠다. 총각이 잘 아는 거 같은데, 시작하면 도와줄 수 있어?"

"어…… 가능하면요?"

지금 태현이 워낙 이상하게 플레이를 하고 있어서, 도와줄 수 있을지 확신이 안 섰다.

☘

“아. 질문 답변 올라왔나?”

돌아온 태현은 아까 올린 질문을 확인했다.

-이런 단검 나왔는데 이 정도면 어느 정도 성능이냐?

‘답변이 한 세 개 정도 달렸겠지? 하나라도 달렸으면 좋겠는데.’

[답변(129)]

“……!?”

태현은 놀라서 창을 켰다.

그가 올린 질문 밑에서 전쟁이 일어나고 있었다.

-이거 조작이라니까? 어떻게 이런 수치가 나오냐?

-이거 조작임. 아무튼 조작임.

-와, 이거 팔면 얼마 나올까? 백만 원은 넘겠지?

-백만 원은 무슨. 천만 원은 기본으로 간다.

-무슨 천만 원이야? 저거 성능이랑 옵션이 좋은 편이긴 한데, 레벨 높은 일반 아이템 보면 저것보다 성능 좋고, 옵션 좋은 아이템 넘치거든? 백만 원도 솔직히 높게 쳐준 거다.

-멍청하기는. 그런 건 다 스탯 제한이 있잖아. 저런 단검은 마법사 계열 직업이 사려고 할 거다. 그러면 천만 원은 가볍게 넘지.

실제로 태현이 올린 단검은 성능 자체만 보면 대단한 게 아니었다.

한 80레벨 정도만 가도 일반 아이템 성능은 이걸 훨씬 뛰어넘었으니까.

문제는 그런 레벨에서 나오는 아이템들은 모두 제한이 있다는 것이었다.

레벨 몇 이상, 힘 몇 이상, 민첩 몇 이상. 이런 식으로.

레벨 제한이야 마법사 같은 직업도 넘길 수 있었지만, 힘 몇 이상, 민첩 몇 이상 같은 제한은 마법사 같은 직업이 넘기기 힘들었다.

그런데 태현이 올린 단검은 그런 제한이 없었다.

레벨 제한 없음. 스탯 제한 없음.

그런 주제에 공격력과 추가로 달린 옵션이 어마어마했으니 사람들이 난리가 났다.

-쪽지 확인 좀 해주세요. 개인적으로 하고 싶은 이야기가 있습니다.

-이거 진짜면 저한테 쪽지 좀 해주세요. 거래 의사 있습니다.

이런 댓글들이 한 20개가 넘는 것 같았다.

-아, 사긴 뭘 사. 조작이라니까?

-근데 창 보니까 합성은 아닌 것 같은데? 진짜 나온 거 아니야?

-야. 내가 대장장이 키우고 있거든? 이런 단검은 못 만들어. 단검 사진 보면 재료가 철이지? 그러면 아무리 잘 만들어도 한계가 있다니까. 게다가 이거 보면 레벨 제한도 없고, 스탯 제한도 없잖아. 보통 이런 게 어떻게 나오는지 아냐? 대장장이 레벨 낮을 때, 아이템 레벨 안 잡고 그냥 만들면 이런 거 나와.

댓글 중에는 대장장이 플레이어가 있는 모양이었다. 그는 줄줄줄 지식을 늘어놓았다.

-이거 분명히 레벨 낮은 대장장이 하나가 주목 좀 받겠다고 합성한 거야. 처음 대장장이 시작하면 단검 같은 간단한 거 만들라고 퀘스트 주거든? 그 단검 만든 다음 그 창에 저 수치 합성한 거라고. 원래 레벨 낮을 때 만드는 단검은 저런 제한 없을 정도로 성능이 구리거든. 거기에

성능이랑 옵션만 합성해서 넣으면 저런 사기가 나오는 거야.

-와, 님 진짜 잘 아시네요. 레벨 몇이세요?

-대장장이 레벨 56이다.

-개쩐다. 대장장이 56이라니.

-혹시 친구 추가 받아주실래요?

유저 하나가 여론을 이끌고 있었다. 꽤 설득력 있게 말하다 보니 다른 사람들도 솔깃한 모양이었다.

그러나 태현은 별로 화내지 않았다.

'뭐, 믿기 싫으면 믿지 말라지. 지들 자유니까.'

이런 익명의 댓글로 화를 낼 거였다면 판타지 온라인 1에서부터 화를 냈을 것이다.

그런데 재미있는 댓글이 더 있었다.

-근데 만약 합성 아니면 어쩔 거야?

-맞아. 진짜일 수도 있잖아.

태현이라면 저런 도발에 넘어가지 않았을 것이다. 원래 저런 도발에는 넘어가서 좋을 게 없었다.

그러나 대장장이는 꽤 성격이 급한 것 같았다.

-만약 합성 아니면 내가 저 플레이어한테 찾아가서 무릎 꿇고 절하면서 사과한다!

-오. 캡처했음.

-맞아. 나중에 지우지 마라. 아이디 기억했으니까.

“쯧쯧. 멍청하기는.”

태현은 고개를 저었다. 이겨봤자 얻는 거 하나 없는 걸 왜 한단 말인가.

하도 많은 사람이 답변을 달아서 그의 글은 일일 베스트에 올라와 있었다.

‘다른 건 없나?’

[네크로맨서 이세연. 판타지 온라인 2 처음으로 전설 직업을 획득하다!]

“오, 이세연이?”

태현도 아는 이름이었다. 판타지 온라인 1에서 그를 이긴 플레이어. 이름을 기억하지 못할 리 없었다.

-판타지 온라인 1의 랭커였던 이세연 씨는 전설 직업, ‘네크로노미콘

의 후계자'의 직업 퀘스트를 완료했다고 발표했습니다. 처음으로 등장 한 전설 직업에 모두들 많은 관심을 보이고 있는데요. 저희 GNC는 이세연 씨의 단독 인터뷰를 준비했습니다.

"이야. 역시 클래스는 클래스인가? 진짜 잘나가네. 벌써 전설 직업을 얻고."

판타지 온라인 2의 방송을 담당하는 방송사들은 신이 나서 이세연의 인터뷰를 하려고 하고 있었다.

이세연이라는 플레이어 자체가 판타지 온라인 1 때부터 방송 출연이 많았으니, 이번 전직 퀘스트도 직접 편집해서 올린 모양이었다.

그녀가 운영하는 개인 사이트는 거의 접속자로 폭주하고 있었다. 태현은 간신히 동영상을 켰다.

어딘지 알 수 없는 어두운 지하 신전에서, 이세연이 혼자 걸어나오고 있었다.

들고 있는 지팡이는 한눈에 봐도 명품이라는 걸 알 수 있었다.

검은색 본체에 끝에 달린 보석은 몇 겹의 세공이 걸쳐져 있었고, 입고 있는 로브는 독특한 무늬가 새겨져 있었다.

'저거 팔면 집 몇 채는 사겠네.'

태현은 그런 뜬금없는 생각을 하며 이세연의 동영상을 계속 보았다.

콰쾅!

갑자기 사방에서 기사들이 튀어나왔다. 직업 퀘스트를 완료했을 때 나오는 적 같았다.

이세연은 네크로맨서.

그리고 네크로맨서는 시체를 일으켜서 부하를 거느리고 있을 때 강한 직업이었다.

당연히 일대일에서는 불리할 수밖에 없었지만, 이세연은 판타지 온라인 1에서 그 한계를 깼다.

과연 이번에는 어떨까?

'부하들은 없는데…….'

-어둠의 화살!

순식간에 허공에서 굵은 검은색 가시가 생기더니 쏜살같이 솟구쳐 나갔다.

달려들던 기사들은 방패에 오러를 불어넣어 막으려 했지만, 가시는 방패를 관통하고 그대로 기사들을 뚫어버렸다.

"……!"

딱 봐도 기사들의 레벨은 100은 넘는 것 같았다. 착용하고 있는 갑옷이나 검도 보통 아이템이 아니었다.

그런데 이세연은 그걸 한 번에 뚫어버린 것이다.

-속박!

뒤에서 달려들던 기사들은 이세연의 손가락질 한 번에 멈췄다.

-블러드 익스플로전!

가시에 관통당한 기사들의 몸이 폭발했다. 멈춘 기사들도 같이 쓰러져나갔다.

-언데드 소환!

조금의 쿨타임도 느껴지지 않는 연속 마법.

더군다나 상대는 잡몹이 아니었다. 보통 기사 NPC는 왕국에서 거느리고 있는 만큼 정예였던 것이다.

그런 상대로 저런 학살이라니.

이세연은 엄숙한 표정으로 지팡이를 휘둘렀다.

-데스 나이트 소환!

순식간에 전장이 바뀌었다.

첫 번째로 달려들었던 기사들은 죽은 다음 이세연의 부하가 되어 등을 돌렸다.

그 뒤에서 다시 달려들려던 기사들은 당황해서 외쳤다.

"사제님, 축복을!"

"축, 축복이 통하지 않습니다!"

바닥이 검은색으로 일렁이는 것을 보고, 태현은 이세연이 또 다른 주문을 썼다는 걸 짐작했다.

아마 사제의 능력을 봉인하는 그런 저주겠지.

"죽어라!"

"나의 주인의 명으로!"

"이, 이런. 정신 차려! 에드워드!"

"이 자식! 감히 우리 동료를…… 크아악!"

아무런 부하도 없는 상태에서 주문만으로 기사 한 부대를 학살했다.

그다음 죽은 기사를 바로 언데드로 소환시키고, 그중 몇몇은 데스 나이트로 업그레이드시켰다.

상상을 초월하는 위력이었다.

'어째 판타지 온라인 1보다 더 세진 것 같다……?'

레벨 100은 가볍게 넘긴 것 같았다. 아마 태현 말고도 다른 랭커들이 이 영상을 보고 충격을 받고 있을 것이다.

기사단과 사제는 맹렬하게 저항했지만 얼마 지나지 않아 무너졌다.

한 명이 쓰러질 때마다 언데드가 되어서 늘어났고, 그럴 때마다 점점 상황은 불리해졌다.

모든 적이 쓰러지자 이세연은 무표정한 얼굴로 돌아섰다. 그러자 자리에 있는 모든 언데드 부하들이 무릎을 꿇었다.

정말로 강렬한 영상이었다.

올린 지 얼마나 됐다고 벌써 조회수가 1억 가까이 나오고 있었다.

그만큼 서버 최초의 전설 직업이라는 것이 대단했던 것이다.

"이야……. 진짜 타고났다니까."

태현은 감탄하며 고개를 끄덕였다.

방금 본 영상에서 다른 플레이어들은 전설 직업의 화려한 모습이나, 이세연의 아이템 같은 것에 주목했겠지만 태현은 그녀의 컨트롤에 주목했다.

여전히 대단했다.

일대일 전투에서의 순간적인 센스, 캐릭터를 키우는 전략적인 눈, 거기에 전설 직업까지 얻었다.

그녀는 예전부터 게임 관련 방송인으로 활동하고 있었다.

어지간한 연예인은 뺨을 때릴 정도로 인기가 좋았는데, 이런 식으로 화제를 만들었으니…….

'정말 인기가 천장을 뚫고 솟구치겠네!'

부러움보다는 신기할 정도였다.

세상에 저런 사람이 있구나!

소문을 들어보니 집안도 엄청나게 좋다고 들었다.

좋은 집안에, 뛰어난 외모에, 엄청난 게임 실력에…….

생각해 보니 뛰어난 외모를 빼면 태현도 다 갖고 있는 거긴 했다.

'지금부터 따라갈 수 있을까?'

슬슬 걱정이 되기 시작했다.

이세연은 아마 레벨 100은 확실하게 넘긴 것 같았다.

그리고 이세연이 지금 전설 직업으로 너무 주목을 받아서 그렇지, 영웅 직업을 얻은 다른 랭커들도 많았다.

그들도 조용히 레벨을 올리고 있었다. 지금은 때가 아니라서 기다리고 있었지만, 무언가 대단한 퀘스트를 깨면 바로 방송에 나갈 것이다.

벌써 길드 중 몇 군데는 성 하나를 점령하고 성주가 되겠다고 큰소리를 치고 있었으니까.

태현이 아무리 실력이 좋아도, 상대를 쓰러뜨리려면 차이가 적어야 했다.

레벨 1은 아무리 컨트롤을 잘해도 레벨 100을 이길 수 없었으니까.

"조금 늦게 시작한 게 실수였나……. 에이, 지금부터 따라붙으면 되겠지."

그렇지만 태현은 사냥에 뛰어들지 않았다.

'레벨 업은 나중에 할 수 있어. 중요한 건 퀘스트와 스킬의 성장이야.'

레벨에 눈을 먼 플레이어들은 시작하자마자 필드에 나가 몬스터를 잡고, 던전에 들어가는 것에만 집착했다.

하지만 그러면 많은 퀘스트를 놓치게 됐다.

차라리 조금 느리게 성장하더라도 퀘스트로 챙길 수 있는 스탯이나, 스킬을 모두 챙기고 가는 게 올바른 길이었다.

[하급 장검 제작 기술을 획득했습니다. 재료와 방법에 따른 다양한 제작이 가능해집니다.]

[하급 강철 갑옷 제작 기술을 획득했습니다. 재료와 방법에 따른 다양한 제작이 가능해집니다.]

대장장이에게서 배울 수 있는 건 아이템의 제작 기술!

물론 대장장이만이 알고 있는 비전의 스킬 같은 것도 있겠지만, 태현은 그것까지 바라지는 않았다.

'그거 얻으려면 대장장이로 전직하라고 하겠지?'

아이템 제작법만 해도 충분히 좋은 스킬이었다.

원래 판타지 온라인 2에서 혼자 무언가를 만들려고 하면 이리저리 실패를 겪어야 했다.

강철을 얼마, 가죽을 얼마…….

그런 식으로 몇 번 실패를 겪고 나서야 새로운 아이템의 제작법을 알아낼 수 있었다.

대장장이들이 괜히 길드에 들어가는 게 아니었다. 저런 실패를 감당하려면 길드의 지원이 필요했던 것이다.

그렇지만 선배 대장장이한테 이미 알려진 제작법만 배운다면 그건 시행착오를 겪지 않아도 됐다.

"정말 재밌습니다! 더 가르쳐주십시오!"

"오늘은 여기까지만 하지. 나도 조금 쉬어야지."

태현은 열정적으로 구렌달에게 말했지만 구렌달은 고개를 저었다.

'에이…….'

아쉬웠지만 태현은 자리에서 일어섰다.

"그러면 토끼 잡으러 가볼까?"

이름: 김태현

레벨: 25

직업: 백수

HP(체력): 340

MP(마력): 340

힘: 30 (+20), 민첩: 30

체력: 30, 지혜: 30

행운: 1,495

보너스 스탯: 0

초급 검술 5 (80%)

초급 요리 7 (15%)

초급 도축 7 (35%)

초급 대장장이 기술 3 (20%)

'레벨 빼고는 많이도 올렸네.'

행운이 1,500을 앞두고 있었다. 레벨은 지난번 이후로 1밖에 올리지 못했지만.

요리와 도축, 검술이 올라간 것도 큰 성과였다.

특히 검술 스킬은 모든 검 관련 공격의 기본이 되는 만큼, 높아서 손해 볼 게 없었다.

“불을 피우고…… 토끼발을 굽고, 좋아!”

[구운 토끼발 요리가 완성되었습니다.]

살점은 없지만 태현의 솜씨가 좋아져서 그런지, 요리는 꽤나 먹을 만했다. 태현은 느긋하게 앉아서 고기를 뜯었다.

그 주변을 토끼들이 슬슬 피하며 지나갔다.

판타지 온라인 2는 아주 현실적인 게임이었다.

한 지역에서 계속 한 몬스터만 사냥하고 있으면 그에 따른 변화가 나타났다.

태현 같은 경우는 타이럼 사람들에게 ‘도시 주변의 귀찮은 토끼들을 청소해 주다니, 참 착한 사람이군’이란 소리를 들었다.

거기에 이제 토끼들도 태현을 피하기 시작한 것이다.

‘이 칭호 때문인가?’

칭호: 토끼 학살자

토끼 학살자: 토끼의 고기와 피로 산과 강을 만든 당신! 토끼에게는 어떤 맹수보다 당신이 무서울 겁니다.

토끼가 선제공격을 하지 않습니다. 토끼 몬스터를 상대할 때 공격력 +10%, 방어력 +10%, 위압 +10%.

[서버에서 처음 얻은 칭호입니다. 각 스탯이 20씩 증가합니다.]

사실 토끼 학살자 칭호가 쓸모 있을 거라는 생각은 들지 않았다.

당장에 다른 곳만 가도 이 정도로 센 토끼는 없을 테니까.

그렇다고 NPC와 대화할 때 도움이 되는 것도 아니었다.

-저는 용 학살자, 드래곤 슬레이업니다.

-오오, 정말 대단하군! 이런 영웅이 우리 마을에 찾아오다니. 오늘 식사는 공짜야!

이런 대화에 비해 토끼 학살자는…….

-저는 토끼 학살자입니다.

-그러면 뒷산 가서 토끼나 하나 잡아오게.

칭호도 뭔가 대단하거나, NPC와 관련이 있어야 좋은 반응이 나왔다.

토끼 학살자 같은 칭호는…….

'토끼하고 원수진 NPC 아니면 좋아하지 않을 것 같은데.'

그나마 서버에서 처음 얻은 칭호라는 것 때문에 스탯이 20씩 증가한 건 좋았다.

생각지도 못한 횡재였다.

[행운이 올랐습니다.]

요리한 토끼발을 복용하자 드디어 행운이 1,500을 찍었다.

[스킬, '우기기'를 얻었습니다!]

"어?"

뭔가 싸 보이는 느낌의 스킬 이름이 떴다. 태현은 뭔가 착각했나 싶어서 확인했다.

<우기기>

실패한 행운 굴림을 다시 굴릴 수 있습니다.

"……!"

치명타, 회피……. 다 행운과 관련이 있었다.

그렇지만 그건 어디까지나 확률.

95%로 일어난다고 해도 5%에 걸리면 그냥 실패하는 것이었다.

실제로 판타지 온라인 1에서 태현이 그래서 진 것 아닌가.

그 희박한 확률을 뚫고 치명타가 안 터져서.

그러나 이 우기기 스킬이 있다면, 그럴 때 다시 굴릴 수 있었다.

정말 굉장한 스킬이었다.

이름만 빼고는.

"하필 왜 이름이 우기기야? 폼 안 나게……."

태현은 투덜거렸다. 좋은 스킬인 만큼 불만은 없었지만, 굳이 이런 이름을 붙일 필요가 있었을까?

*

"1,500 찍었네요……."

"저거 토끼만 잡아요. 진짜 계속 저렇게 토끼만 잡는 놈은 처음 봤어요. 전생에 토끼하고 원수라도 졌나?"

"노가다 좀 하는 플레이어도 보통 저만큼 잡으면 질려서 다른 곳으로 가거든요? 레벨 업 하고 싶어서 다른 몬스터를 찾거나 퀘스트를 찾는데, 김태현은 그런 것도 없어요. 미친놈 같아!"

"참아라. 3일 후면 패치다. 그때 저 토끼발이라는 아이템 빼버려!"

"3일이면 행운 3천 찍겠는데요."

"대장장이 기술이랑 요리 스킬 같이 찍고 있으니까 그 정도까지는 아닐 거야. 게다가 이제 슬슬 나올 때가 됐어."

"뭐가요?"

"한 지역에서 계속 똑같은 몬스터가 잡으면 일시적으로 리젠이 안 되잖아."

판타지 온라인 2의 인공지능, 마키나는 쓸데없이 현실적이었다.

한 지역에서 계속 몬스터를 잡으면 일어나는 여러 반응 중 하나가 멸종이었다. 물론 완전히 멸종되는 건 아니고, 한동안 나오지 않는다는 거였지만.

그래도 태현의 기세에 제동을 걸기에는 충분했다.

"팀장님. 아키서스의 화신으로 전직할 것 같죠?"

"……그래. 진짜 다른 직업으로 전직을 아예 안 하네. 아니, 대체 무슨 생각이지?"

태현이 구렌달한테 비전 대장장이 직업을 추천받았을 때만 해도, 그들은 태현이 전직할 줄 알았다.

판타지 온라인 1에서 태현의 대장장이 플레이는 그만큼 인상적이었으니까.

그러나 태현은 그것도 거절했다.

"아니, 저 인간은 왜 다 거절해요!? 돌은 거 아냐!?"

"뭘 직업을 원하는 거야!?"

"저거 혹시 전직 안 하고, 초보자 플레이하려는 거 아니에요?"

눈치 빠른 직원 한 명이 말을 꺼냈지만 바로 무시당했다.

"에이, 설마……."

"그 짓을 왜 해? 기껏 판타지 온라인 2 시작해 놓고. 캡슐값이 장난이야?"

아키서스의 화신으로 전직하기 위해서는 간단한 두 가지 조건만 충족시키면 됐다.

어떤 직업도 갖고 있지 않아야 했다.

그리고 행운이 2,500을 넘어야 했다.

다른 전설 직업과 비교한다면 어이가 없을 정도로 간단한 조건이었다.

그러나 조금만 생각해 보면 이 조건이 결코 만만하지 않다는 걸 알 수 있었다.

먼저 어떤 직업도 갖고 있지 않은 사람은 드물었다.

전사 계열의 희귀 직업이나 영웅 직업을 노리는 사람도 일단 전사 계열의 일반 직업으로 전직을 했다.

아무런 직업도 없이 퀘스트를 깨는 건 너무 힘든 일이니까.

판타지 온라인의 직업 제한은 그렇게 빡빡하지 않았다.

계열만 일치하면, 일반 직업을 갖고서도 퀘스트만 성공하면 희귀 직업이나 영웅 직업이 될 수 있었다.

물론 전사 일반 직업이 마법사 희귀 직업으로 갈 수는 없었다. 이런 건 다시 처음부터 마법사 일반 직업을 얻어야 했다.

그 이세연도 네크로맨서로 전직해서 차근차근 퀘스트를 깨온 후 전설 직업을 얻은 것이다.

이렇기에, 레벨 10만 넘어도 직업이 없는 사람은 드물었다.

그런데 태현은 아직도 직업이 없었다.

기회가 없는 것도 아니었다. 영웅 직업으로 전직할 수 있는 기회가 두 번이나 찾아왔었다.

타이럼 레인저, 비전 대장장이.

그런데도 거절했다!

'진짜 뭔 생각을 하고 있는지 모르겠군.'

그들이 태현의 생각을 알게 된다면 뒤로 넘어질 게 분명했다.

-전직하지 않고 끝까지 간다.

"토끼가…… 없다?"

태현은 고개를 갸웃거리며 돌아다녔다. 이게 어떻게 된 건지 알 수 없었다.

"설마 너무 잡아서 안 나오는 건 아니겠지?"

태현은 농담 삼아서 한 말이었지만, 실제로 그게 정답이었다.

"아, 자네 왔군!"

"예?"

"소식 들었네. 타이럼 시 주변의 토끼들을 전부 잡았다고? 정말 대단해. 토끼를 잡겠다고 나선 놈들은 있었지만, 이렇게까지 잡은 놈은 없었거든. 자네가 얼마나 철저하게 잡았는지, 놈들의 씨가 말랐어, 씨가!"

"……!"

그제야 태현은 상황을 알아차렸다. 판타지 온라인 2는 1보다 훨씬 더 현실적이었던 것이다.

'젠장, 숫자도 생각하고 잡았어야 했어!'

설마 많이 잡았다고 안 보이게 될 줄이야.

"영주님도 소식을 듣고 많이 기뻐하셨네. 나와 같이 가게나."

[칭호: 타이럼의 청소부를 얻었습니다.]

[서버에서 처음 얻은 칭호입니다. 각 스탯이 20씩 증가합니다.]

<타이럼의 청소부-우리 도시 우리가 깨끗하게 하자!>

몇 세기 동안 타이럼 토끼는 도시의 골칫거리였다.

높은 육체 능력에 뛰어난 번식력. 많은 모험가들에게 토끼 퇴치를 맡겼지만 이제까지 효과를 본 적은 없었다.

그러나 당신은 상상을 초월하는 근성으로 토끼의 씨를 일시적으로 말렸다.

시간이 지나면 토끼는 다시 나타나겠지만, 당신의 근성은 이 타이럼 시의 자랑으로 남을 것이다.

이제 영주를 만나라. 그는 당신의 소식을 듣고 감탄하고 있다.

보상: ???

CHAPTER 5

'영주를 만나라고?'

판타지 온라인 2는 계급이 있었다.

왕, 그 밑에 고위 귀족인 도시의 영주(성주), 그 밑으로 귀족, 또 그 밑으로 기사들…….

NPC뿐만 아니라 플레이어도 퀘스트를 깨면 그런 계급을 얻을 수 있었다.

당연히 귀족 자리를 얻으면 혜택이 따랐다.

도시에 들어가면 사람들이 쩔쩔맨다거나, 상인들이 알아서 좋은 걸 바친다거나…….

하위 귀족만 얻어도 이 정도인데, 영주나 성주 자리를 얻으면 그 이득은 상상을 초월했다.

NPC들의 반응을 떠나서, 명령이 가능했고, 세금을 걷을 수 있었으며, 도시나 성 주변 시설을 마음대로 다룰 수 있었다.

지금 랭커들은 성주나 영주 자리를 얻겠다고 눈에 불을 켜고 있었다.

'판타지 온라인 1에서도 영주 자리는 대단했지…….'

모두가 도시나 성을 갖고 싶어 했다. 갖고만 있어도 돈이 쏟아져 나왔으니까.

판타지 온라인 2가 1보다 훨씬 더 규모가 커진 걸 봤을 때, 영주 자리 하나만 얻어도 평생 놀고먹어도 될 것 같았다.

"그래. 자네 정도라면 만날 만하지. 준비가 끝나면 나한테 말하게. 영주님은 오래 기다리게 하는 걸 좋아하지 않을 거야."

"예."

태현은 대충 겉모습을 점검했다. 도시에서 흔히 볼 수 있는 타이럼 사냥꾼의 모습이었다.

'이 정도면 괜찮지?'

물론 타이럼 사냥꾼을 모르는 사람의 눈에는 덩치 큰 험악한 산적으로 보이겠지만.

"준비됐습니다. 가죠."

"그래! 따라오게나!"

☘

'오, 제법…….'

태현은 내성 안을 걸어가며 감탄했다.

사실 타이럼 시는 도시라고 하기에는 조금 민망했다.

다른 왕국의 도시는 말 그대로 '도시'다운 것들을 많이 갖고 있었던 것이다.

엄청 큰 상단의 건물이나, 마법사의 마탑, 뛰어난 예술 작품, 제작 직업들의 길드들.

그러나 타이럼 시는 그런 게 없었다.

있는 건 근육질의 험악하게 생긴 타이럼 사냥꾼들과 그들에게 물건을 파는 상인 정도.

다른 왕국의 NPC들이 괜히 잘츠 왕국을 야만인들이라고 무시하는 게 아니었다.

산악 지대에 위치한 소국인 데다가 저런 식이니…….

그렇지만 내성 안은 생각보다 괜찮았다.

장식이나 그런 건 없었지만 흰색으로 잘 칠해져 있어서 깔끔했다.

도시 주변에는 병사 대신 자유로운 복장의 타이럼 사냥꾼들이 있었지만, 내성 안에는 병사들이 보였다.

'저건 꽤나 질이 좋은 금속 갑옷 같은데. 단순히 철로만 만든 게 아닌 것 같아.'

태현은 바로 병사들의 장비를 알아보았다.

판타지 온라인 1에서 대장장이로서 온갖 아이템을 만져본 경험은 어디 가지않았다.

병사들의 갑옷 색이 살짝 다르다는 것만으로도 재료를 눈치 챈 것이다.

'딱 봐도 꽤나 레벨이 높아 보이는데. 다른 곳도 병사들이 이 정도로 레벨이 높으려나?'

"영주님께서 기다리고 계십니다."

쾅!

문이 열리고 넓은 공간으로 들어가자 잘 무장한 병사들이 보였다.

"팔론 백작님! 오랜만에 뵙습니다!"

"오랜만이군, 어거스트! 잘 지냈나!"

쩌렁쩌렁한 두 남자의 목소리가 홀을 가득하게 울렸다.

태현은 귀를 막으며 고개를 들었다.

'뭐 이리 영주 목소리가 시끄러워?'

짐승 가죽으로 덮여 있는 의자에 앉아 있는 사람은…… 거대했다.

떡 벌어진 어깨에, 핏줄이 솟아나온 근육질의 팔.

영주면 귀족인데 입고 있는 옷은 사냥꾼의 옷 같은 모습이었다.

태현은 작게 속삭였다.

"영주님 맞습니까?"

"팔론 백작님? 아. 옷 때문에 그러나? 팔론 백작님은 우리와 같은 사냥꾼 출신이시지. 전장에서 세운 공으로 폐하에게 영지를 받은 거야. 어때, 자네도 슬슬……."

<희귀 직업-타이럼 사냥꾼 전직 퀘스트>

사냥꾼 어거스트는…….

'아오!'

슬슬 욕이 나올 것 같았다. 이게 사냥꾼이야, 스토커야?

"됐거든요?"

둘이 떠들던 도중 백작이 입을 열었다.

"자네가 그 기특한 모험가인가? 가까이 오게."

태현은 바로 입을 다물고 팔론 백작에게 다가갔다. 누구 명이라고 거역하겠는가.

그는 태현의 팔을 잡더니 이리저리 만지기 시작했다.

아주 강력한 힘으로.

"아, 아야! 아야야!"

"생각보다 힘이 별로군? 더 훈련을 하게! 젊은 친구가 이래서야 되겠나!"

"하하, 팔론 백작님! 백작님과 비교한다면 누가 괜찮겠습니까!"
"하하, 어거스트 이 사람! 아부하는 솜씨는 여전하군! 나도 늙었는데 말이야!"
늙기는 무슨. 지금 당장 무장하고 전장에 나가도 통할 것 같았다. 힘이 장난이 아니었다.
하지만 이 산적같이 생긴 사람도 귀족은 귀족.
태현은 원하는 걸 위해서라면 얼마든지 고개를 숙일 수 있었다.
얼얼한 팔을 매만지며, 태현은 혓바닥을 놀렸다.
"아닙니다! 영주님의 강철 같은 근육을 보니 젊었을 적에는 얼마나 대단했을지 상상도 가지 않습니다!"

[팔론 백작이 좋아합니다.]

"그래? 하하하. 이거 쑥스럽구만. 그래, 내가 젊었을 때 오크들이 나를 많이 무서워하기는 했지. 내가 이 팔로 오크들 부족을 쓸어버렸단 말이야! 내가 그 전공으로 영지를 받았지. 폐하도 나를 만나면 그 이야기를 하시네. 말 위에 올라타서 혼자 오크들을 상대로 돌격하던……."
'이거 미친놈 아니야?'
살아 있는 게 신기하게 느껴졌다.

“자네도 그런 경험을 한 번 해보면 좋겠군. 그러면 많이 배우는 게 있을 걸세.”

차라리 죽으라고 말을 하는 게 더 빠를 것 같았다.

“그……렇군요. 가능하면 해보겠습니다.”

그 이후로 태현은 이런저런 이야기를 들었다.

잘츠 왕국은 산악 지대에 위치한 소국이지만, 주변에 자꾸 나타나는 떠돌이 오크 부족들이나 다크 엘프들을 상대하느라 전투력은 다른 왕국에 비해도 밀리지 않는다는 이야기.

거기에 쓰는 돈 때문에 비교적 가난하다는 이야기.

현재 잘츠 왕국의 왕도 팔론 백작처럼 근육질에 싸움을 좋아하는 사람이라는 이야기.

귀중한 정보였다. 태현은 귀를 크게 열고 들었다.

“그러고 보니 폐하의 얼굴도 자네처럼 위엄이 좋고 풍채가 있으시지.”

팔론 백작이 말하자 바로 어거스트가 끼어들었다.

“하하, 백작님도 폐하와 많이 닮으신 편입니다!”

“그런가? 그런 소리를 많이 들었긴 하지! 하하하!”

태현은 잠깐 머리를 굴렸다.

잘츠 왕국의 왕은 태현과 생김새가 닮았다.

팔론 백작은 잘츠 왕국의 왕과 생김새가 닮았다.

그렇다면?

태현은 팔론 백작과 생김새가 닮았다는 뜻이었다.

'아니, 이런 XXX……'

그가 비록 덩치 크고 험악하게 생기기는 했지만, 그래도 그렇지 이 산적 두목 같이 생긴 인간과 내가 닮았다고!?

NPC한테 이런 굴욕감을 느낀 건 정말 오랜만이었다.

"저, 저는 안 닮지 않았습니까? 제가 어찌 백작님의 풍채를 조금이라도……"

"아니야! 사람이 너무 겸손할 필요는 없지. 자네는 나나, 폐하와 아주 많이 닮았어!"

팔론 백작은 등을 두드리며 즐거워했다. 그리고 확실하게 못을 박았다.

"아주 똑같이 닮았네! 이건 아들이라고 해도 놀랍지 않을 것 같아!"

'XX……'

태현은 포기하고 입을 다물었다.

외모 디스가 슬펐지만 뭐 어떠냐.

보상만 잘 받으면 되지!

"그래. 토끼들의 씨를 말렸다고? 그동안 우리 도시에 온 많은 모험가들에게 그 일을 맡겼지만, 대부분 조금 잡다가 도망치고 말았지."

'그건 그냥 이 도시가 구려서 떠난 건데……'

물론 입 밖으로 말하지는 않았다.

"그래서 생각했지. 모험가라는 놈들은 근성도 없고 쩨쩨한 놈들이 분명하다고. 하지만 자네를 보니 내 생각이 틀렸던 것 같군. 자네한테는 사냥꾼들만 갖고 있는 뜨거운 심장과 큰 간덩어리가 있는 게 분명해!"

"타이럼 사냥꾼으로 받아들이고 싶은데, 고집이 만만치 않더군요!"

"그래? 타이럼 사냥꾼으로 일할 생각이 없나?"

<희귀 직업-타이럼 사냥꾼 전직 퀘스트>

사냥꾼 어거스트는 이제 영주의 힘까지 빌려서 당신을 타이럼 사냥꾼으로 만들려 한다…….

이제 어거스트가 스토커로 보이기 시작했다. 치사하게 영주까지 동원해?

억울해도 어쩔 수 없었다. 친밀도를 쌓은 건 그였으니까.

이럴 때는 역시 넙죽 엎드리는 수밖에!

"죄송합니다, 백작님! 제가 하고 싶은 게 있어서……!"

물론 '백수에서 전직 안 하고 계속 갈 겁니다'라고 말하지는 않았다.

그걸 들었다가는 영주라도 화를 낼 테니까.

"그래? 아쉽군. 타이럼 사냥꾼이 싫다면 내 호위로 일하지 않겠냐고 제안할 생각이었는데 말이야."

<희귀 직업-귀족 근위병 전직 퀘스트>

귀족을 지키는 것은 언제나 명예로운 일이었다.

귀족을 가장 옆에서 지키는 호위, 귀족 근위병은 아무나 할 수 있는 게 아니고, 하려고 한다고 해서 할 수 있는 것도 아니며, 한 번 시작한 이상 쉽게 관둘 수 없는 일이다.

그러나 이 일은 분명히 명예롭고 대가가 따르는 일. 모시는 귀족의 힘이 크면 클수록 근위병으로서의 자리도 커질 것이다.

보상: 귀족 근위병으로 전직

다른 사람들은 찾지 못해서 안달이 난 직업들이 태현에게는 쏟아져 들어왔다.

'이 직업은 무슨 간신 최적화 직업이냐?'

설명을 보니 영주 옆에 붙어서 한 재산 챙길 수 있는 직업 같았다.

물론 태현은 이런 것에 흔들리지 않았다.

오로지 백수! 어떤 직업을 제안해도 백수! 무조건 백수!

팔론 백작은 태현이 거절하자 아쉽다는 듯이 수염을 쓰다듬었다. 그러고는 손뼉을 쳤다.

병사 몇 명이 낑낑거리며 보관함을 들고 왔다. 백작은 그 함을 열더니 안에서 묵직한 도끼를 꺼냈다.

태현은 순간 긴장했다. 저 양반이 설마 거절했다고 저걸 들고 덤비지는 않겠지?

"타이럼 사냥꾼도, 귀족 근위병으로도 일하고 싶지 않다면 줄 수 있는 게 이런 것밖에 없군. 명예를 아는 사람한테 돈으로 보상하는 건 모욕이겠지?"

"아니, 모욕이 아닌……."

"자, 받게!"

[오크 두개골 분쇄기를 얻었습니다.]

[힘이 부족해서 착용이 불가능합니다.]

[레벨이 부족해서 착용이 불가능합니다.]

주르륵 뜨는 상태창들! 현재 태현은 장착도 못한다는 걸 말해주고 있었다.

'오크 두개골 분쇄기라니, 이름 참…….'

그래도 기대가 됐다. 영주가 직접 포상으로 주는 무기라니.

NPC의 지위가 높을수록 퀘스트 보상으로 주는 아이템이 좋지 않겠는가.

오크 두개골 분쇄기: 내구력 420/420, 공격력 160.

스킬 '강타' 사용 가능.

스킬 '전사의 분노' 사용 가능.

스킬 '폭풍돌격' 사용 가능.

스킬 '대지분쇄' 사용 가능.

일정 확률로 위압, 공포 발동.

오크 상대로 데미지 1.5배.

레벨 제한 125, 힘 제한 500

팔론 백작이 젊은 시절에 오크들의 머리통을 쪼개고 다닐 때 쓰던 무기다. 자세히 보면 오크의 피가 남아 있는 걸 볼 수 있다. 어지간한 사람은 쓰지도 못할 만큼 무겁고 강력하다.

<아이템 등급: 영웅>

"……!"

화려하게 주르륵 달린 옵션.

팔론 백작이 젊은 시절에 애용했던 무기답게 옵션부터 시작해서 스탯이 화려했다.

문제는…….

'이거 내가 절대로 못 쓰는 무기잖아?'

레벨 제한이야 언젠가는 125가 된다고 쳐도, 지금 행운만 죽어라 올리고 있는데 힘 500은 대체 언제 찍는단 말인가.

'끄응……'

그래도 일단 좋은 무기였다. 영웅 등급의 아이템은 쉽게 구할 수 있는 게 아니었다.

거래 사이트에만 올려도 몇천만 원은 할 것이다. 전사 계열 직업들은 다들 탐을 낼 것이고.

"백작님! 그 무기를 주시다니요!"

"하하. 오랜만에 만난 명예를 아는 모험가에게 이 정도 선물은 줄 수 있지!"

"백작님의 아량에 이 어거스트, 다시 한번 감동했습니다!"

태현이 머리를 굴리고 있는 동안에 두 남자는 감동 드라마를 찍고 있었다.

'잠깐, 이거 팔아도 되나?'

백작이 선물한 무기를 판다고 해서 걸리지는 않겠지. 설마 백작이 그를 불러서 무기를 잘 쓰고 있나 검사하지는 않을 테니까.

백작에게 다시 한번 칭찬을 듣고서, 태현은 어거스트와 같이 밖으로 나왔다.

"이제 뭘 할 생각인가?"

"토끼발이 더 필요한데, 아쉽네요."

행운을 1,500 찍어놓고 더 원하는 태현. 개발진들이 뒷목을 잡고 쓰러질 소리를 하고 있었다.

"음? 그 토끼발? 그게 필요한가? 그걸 쓸 곳이 있나?"

"제가 타이럼 사냥꾼들을 위해 요리를 배우고 있잖습니까. 토끼발이 알고 보니 괜찮은 요리 재료더라고요."

"그거 내가 먹어봤는데 맛이 별로던데…… 토끼발이 필요하다면 줄 수 있네."

"네?"

[집단 '타이럼 사냥꾼'에게 쌓은 공적 포인트로 아이템을 요구할 수 있습니다. 아이템을 교환하면 그만큼의 공적 포인트는 사라집니다.]

[현재 공적 포인트는 1,207입니다.]

세력을 위해 무언가를 하면 이런 장점이 있었다.

타이럼 레인저 퀘스트를 어쩌다 보니 깨버린 바람에 공적 포인트가 쌓여 있었던 것이다.

이게 어느 정도인지 파악하기 힘들었지만, 별 상관은 없었다.

"토끼발 전부 주시죠!"

타이럼 사냥꾼들의 창고에는 토끼발이 가득 쌓여 있었다. 별 쓸모는 없지만 일단 행운을 가져온다니 말려서 걸어둔 것이다.

[공적 포인트가 200 소모됩니다.]

게다가 토끼발은 사냥꾼들에게 별로 가치 있는 물건이 아니었다.

그 많은 양을 가져가는데도 공적 포인트는 별로 소모되지 않았다.

태현은 싱글벙글하며 토끼발을 챙겼다. 그걸 본 어거스트는 떨떠름한 표정으로 말했다.

"나는 별로 먹고 싶지 않으니 다른 사람들 주게."

"예!"

그 순간 다른 곳에서는 탄식이 나오고 있었다.

"아이고……."

"저런 방법으로……."

패치 전까지 토끼가 리젠이 막혀서 괜찮을 줄 알았는데, 타이럼 사냥꾼들에게서 토끼발을 뜯어내다니.

타이럼 사냥꾼은 친밀도를 쌓기 힘든 세력이었다.

대표 NPC인 어거스트부터가 까칠하고 성격 더러운 사냥꾼인 것이다.

태현처럼 오히려 강하게 나가야 좋은 인상을 줄 수 있었지만, 대부분의 플레이어들은 그러지 못했다.

괜히 강하게 나갔다가 불이익이라도 받을까 봐.

초보자를 위한 튜토리얼 퀘스트는 받을 생각이 없었던 태현이었기에 이런 까칠한 대응이 가능했다.

게다가 그 이후로 타이럼 레인저 퀘스트까지 억지로 깨버렸으니…….

"얼마야, 행운?"

"2,495."

"미친."

누군가 내뱉은 한 마디가 그들의 생각을 정리했다.

행운이 2,495.

한 스탯이 저렇게 높은 플레이어는 아무도 없었다.

게다가 태현의 레벨은 25.

행운이어서 망정이었지, 다른 스탯이었다면 도대체 어떻게 되었을지 상상도 가지 않았다.

최명성은 담담하게 고개를 끄덕였다. 그걸 본 다른 직원들이 솔깃해서 물었다.

"오, 팀장님. 무슨 방법이라도 있습니까?"

"있기는 무슨. 이미 늦었어. 김태현은 아키서스의 화신으로 전직하겠지. 서버 두 번째로 전설 직업 전직이다."

최명성의 담담한 태도는 포기해서 나오는 것이었다.

-포기하면 편해.

"이제 늦었으니 그냥 마음 편히 즐기자고."

"아니, 팀장님이 팬이라고 그러시면 안 되죠!"

"내가 뭘? 내가 김태현한테 토끼 잡으라고 했냐!? 자기가 저렇게 해서 전직하는데 나보고 어떡하라고!"

사실 맞는 말이었다.

태현이 누구한테 조언을 들은 것도 아니고, 그냥 혼자서 방법을 찾은 것이었으니까.

"아키서스의 화신은 뭐가 있었죠?"

"전설 직업이 다 특별하기는 하지만, 아키서스의 화신은 그 중에서도 좀 많이 특이하지."

"김태현 저거 대장간 가는데, 화면 돌려도 되죠?"

"……그래라. 다른 플레이어 보자."

그 많던 토끼발 요리를 끝낸 태현은 지치지도 않고 대장간으로 가고 있었다.

정말 질리지도 않는 끈기였다.

이름: 김태현

레벨: 25

직업: 백수

HP(체력): 340

MP(마력): 340

힘: 50 (+20), 민첩: 50

체력: 50, 지혜: 50

행운: 2,495

보너스 스탯: 0

초급 검술 5 (80%)

초급 요리 9 (45%)

초급 도축 7 (35%)

초급 대장장이 기술 4 (95%)

태현은 흐뭇한 표정으로 스킬창을 쳐다보았다.

행운이 하늘 높이 뚫고 있는 것은 그렇다 치더라도, 지금 뿌듯한 건 요리 스킬과 대장장이 기술 스킬의 성장이었다.

요리 스킬이 10에 도달하고, 거기서 99%를 찍으면 중급 요리 스킬로 넘어갔다.

대장장이 기술도 마찬가지.

요리 스킬과 중급 요리 스킬은 전혀 의미가 달랐다.

요리 스킬이 그냥 커피라면 중급 요리 스킬은 TOP!

만들 수 있는 요리의 종류부터 달라지고, 그 요리의 효과도 뛰어올랐다.

태현의 계획은 간단했다.

'한동안 타이럼 시에서 행운을 올릴 수 있을 때까지 올린다. 토끼발이 안 나올 때까지. 그리고 겸사겸사 요리와 대장장이 기술을 중급까지 올려놓는 거야.'

직업이 없는 백수였기에 그 정도는 해야 다음 진행이 가능할 것 같았다.

사실, 지금 태현의 처지는 매우 어정쩡했다.

조금만 난이도 있는 퀘스트나, 던전만 해도 다른 사람과 파티를 맺고 깨야 편했다.

그러나 태현은 백수.

파티를 맺을 때 가장 먼저 확인하는 게 직업이었다.

앞에서 맞아줄 탱커를 맡는 전사 계열 직업.

중간에서 공격을 넣을 궁수, 도적, 법사 계열 직업.

뒤에서 힐을 해줄 사제 계열 직업.

이런 직업들이 조화롭게 이루어져야 공략이 쉬웠다.

그리고 물론 여기에 백수는 끼지 않았다.

땅! 땅! 땅!

경쾌한 망치 소리가 울려 퍼졌다.

[대장장이 기술 스킬이 5레벨이 되었습니다.]

"어디 보게, 이제 제법 자세가 나오는군. 새로운 기술을 배워도 되겠어."

"새로운 기술이요?"

태현의 눈빛이 반짝였다.

"그래. 비전 대장장이라면 더 많은 걸 배울 수 있겠지만……."

구렌달은 태현을 힐끗 쳐다보았다. '이래도 하지 않을 거냐?'라는 뜻이 담긴 눈빛이었다.

물론 태현이 저런 눈빛 공격에 넘어갈 사람이 아니었다. 태현은 태연하게 받아넘겼다.

"자네는 아니니까, 간단한 것 몇 개만 가르쳐 주지. 수리 스킬, 강화 스킬, 날카롭게 갈기 스킬, 녹 없애기 스킬 정도겠군."

"……!"

대장장이 스킬의 종합 세트!

태현이 구렌달과 친하지 않았다면 이렇게 빨리 받을 수 없는 스킬들이었다.

'친하게 지낸 보람이 있구나!'

다른 플레이어들이 타이럼 시를 욕하며 침도 그쪽으로 뱉지 않았지만, 태현은 달랐다.

말 그대로 젖과 꿀이 흐르는 땅!

수리 스킬은 내구도가 떨어진 아이템을 수리하는 스킬로,

대장장이의 밥줄 중 하나였다.

판타지 온라인은 수리도 만만하지 않았던 것이다.

다른 게임은 그냥 돈을 주고 수리를 맡기면 짠! 하고 끝났다.

하지만 판타지 온라인은 달랐다. 대장장이의 스킬 레벨에 따라 수리의 결과가 달라지는 것이다.

뛰어난 대장장이는 내구도를 꽉 채우고, 가끔은 성능을 더 높게 만들어줄 때도 있었다.

그러나 스킬이 낮은 대장장이는 내구도를 꽉 채우기는커녕, 실수를 해서 전체 내구도를 내리거나 성능을 내리는 경우도 있었다.

그리고 이 수리의 난이도는 아이템의 성능에 따라서 달라졌다.

초보 때 쓰는 아이템은 그냥 자기가 수리를 배워서 해도 문제가 없었다.

하지만 레벨이 높아지면 전문 대장장이를 찾아야 했다.

돈이 아까워서 대충 동네 아무 대장장이 NPC한테 맡겼다가는 피눈물을 흘릴 수 있었다.

날카롭게 갈기 스킬, 녹 없애기 스킬은 각각 무기, 방어구 강화 스킬이었다.

전투 시작 전에 무기의 성능을 일시적으로 올리고, 방어구의 성능을 일시적으로 올리는 스킬.

파티에 대장장이가 있다면 파티원들이 꼭 부탁하는 스킬

중 하나였다.

간단해 보이지만 매우 좋은 스킬이었다.

플레이어들은 버프 하나에도 매우 민감했다. 판타지 온라인 2는 난이도가 만만하지 않았다.

버프 하나로 목숨이 갈릴 수 있었다.

싸우기 전에 신전을 찾아가서 버프를 받고, 요리사를 찾아가서 버프가 되는 요리를 먹고, 대장장이를 찾아가서 버프를 받고……

이런 식으로 하는 사람은 딱히 드문 게 아니었다. 오히려 정석이었다.

그리고 마지막으로 강화.

'강화는…… 별로 배우고 싶지 않지만……'

태현이 배우기 싫어하는 이유가 있었다.

매우 쓰라린 기억 때문이었다.

수리 스킬이 대장장이의 밥줄이라면, 강화 스킬은 대장장이의 복권이었다.

보통 대장장이한테 수리를 맡겼다가 실패하면, 맡긴 사람은 화가 나도 보통 난리는 치지 않았다.

그래도 아이템은 어디 가지 않으니까.

그렇지만 강화가 실패하면?

"내 아이템 내놔, 이 돌팔이 자식아!"

당장에 욕을 하며 달려드는 게 보통이었다. 그게 귀중한 아이템일수록 더욱.

강화 스킬의 실패 페널티는 수리 스킬과 비교할 수도 없었다.

최악의 경우 아이템이 박살 나는 경우도 있었으니까.

그러나 사람들은 강화를 결코 포기하지 못했다.

평범한 일반 아이템도 강화를 몇 번 성공하면 희귀, 영웅 아이템을 뛰어넘는 명품이 되니까!

보통 규모가 있는 길드는 대장장이 몇 명을 따로 키우는데, 이 중에서 강화 전문 대장장이는 필수였다.

결국 확률의 문제지만, 실력이 좋을수록 강화 성공 확률도 늘어나기 때문이었다.

판타지 온라인 1에서도 실력 좋은 대장장이는 정말 인기가 좋았다.

그러나…….

'강화하겠다고 날려먹은 아이템이 몇 개냐.'

생각만 해도 속이 쓰렸다. 다른 대장장이는 길드에 지원이나 받지, 태현은 혼자서 뛰며 강화석, 재료, 주문서를 다 모아야 했다.

그래서 실패하면 정신적 타격은 남들보다 몇 배 이상!

'에휴, 그래도 배워야지.'

대장장이인 이상 안 배울 수가 없었다.

"자, 수리 스킬은 말이야……."

구렌달이 설명을 시작했다. 그때 누군가가 들어왔다.

"계십니까?"

"어? 아직 안 떠나셨네?"

태현에게 '어떻게 구렌달과 친해지죠' 물었던 구성욱이었다.

그는 태현을 보자 반갑다는 듯이 달려들었다.

"어! 그분이시네. 잘됐네요! 저 좀 잠시 봅시다!"

"환불은 안 되는데요?"

"네? 아니, 환불해 달라는 게 아니라…… 물어볼 게 있어서 그래요!"

"잠시 기다리세요."

"……?"

"제가 지금 스킬 배우는 중이라서 기다리셔야 해요."

"아. 기다리겠습니다."

구성욱은 얌전하게 자리에 앉았다. 아쉬운 게 많았던 것이다.

설명을 방해받았던 구렌달은 구성욱을 힐끗 쳐다보고 나서 다시 설명을 시작했다.

"자, 수리 스킬은 말이야……."

"저기…… 언제 끝납니까?"

"아, 참을성 없기는. 끓을 만큼 끓어야 밥이 되지, 생쌀이 재촉한다고 밥이 되나!"

구렌달은 어디서 많이 들어본 소리를 하며 벌컥 화를 냈다.

옆에서 태현은 맞장구를 치며 쯧쯧거렸다.

"구렌달 님의 말이 맞습니다!"

말리는 시누이가 더 밉다고, 구성욱은 얄미운 태현을 노려보았다.

'투기장에서 만났으면 좋겠다. 아니, 필드에서 덤볐으면 좋겠다…….'

"자, 이제 수리 스킬이 뭔지 알겠는가?"

"이제 무엇인지 조금 알 것 같습니다!"

"그래. 그러면 다시 한번 해보게."

구렌달의 성격은 꼼꼼하기 치밀한, 완벽주의자 같은 성격!

가르칠 때도 다시, 다시, 다시를 몇 번이고 말한다.

물론 이때 싫증을 내면 친밀도 대하락으로 이어졌다.

태현은 이미 구렌달의 성격을 파악한 상태였다. 태현은 조금도 지루하다는 티를 내지 않고 망치를 두드렸다.

"하아……."

구성욱의 한숨은 깊어질 뿐이었다.

✤

"뭡니까?"

사람인 이상 태현도 살짝 미안해질 수밖에 없었다.

'이번에 물어보는 건 돈 안 받아야지.'

"그…… 타이럼 사냥꾼하고 친해지라고 말해주셨잖습니까."

"그랬죠."

"지금 퀘스트를 일단 깨고 있는데…… 너무 더딥니다. 혹시 다른 방법이 없겠습니까?"

"더디다고요?"

타이럼 사냥꾼들과 친하다 못해 지겨울 정도인 태현에게는 별로 와닿지 않았다.

"네. 친밀도가 오르기는 하는데, 너무 느리고…… 타이럼 사냥꾼들이 절 좀 많이 싫어하는 것 같습니다. 아마 레벨이 높아서 같은데."

어떤 세력과 친해지려면 몇몇 조건이 필요했다.

태현은 구성욱의 말에서 타이럼 사냥꾼들과 친해지기 위해서는 레벨이 낮아야 한다는 걸 깨달았다.

레벨이 낮을 때, 타이럼을 떠나지 않고, 타이럼 주변에서 열심히 사냥을 해야 친해질 수 있다!

레벨 10 찍었다고 다른 도시로 떠나는 플레이어들은 철저하게 싫어하는 쪼잔한 세력.

그게 바로 타이럼 사냥꾼이었다.

'이러니까 플레이어한테 욕을 먹지…….'

게시판 보면 타이럼에 대해 좋은 소리를 하는 사람들이 없었다.

어쨌든 구성욱은 이미 늦은 셈이었다.

퀘스트를 깨면 친밀도가 오르기야 하겠지만 너무 조금씩 올라 일반적인 방법으로는 빠르게 하기 힘든 상황.

그도 그걸 알고 있었기에 태현에게 말을 건 것이다.

"타이럼 사냥꾼들이 좀 치사하기는 하죠. 그런데 다른 방법이라, 혹시?"

"네. 절 좀 소개해 주실 수 있으신가 해서요. 물론 대가는 지불하겠습니다."

소개. 판타지 온라인의 독특한 시스템이었다.

사람 사는 곳이면 무조건 통하는 게 인맥!

현실적인 시스템이다 보니 이런 게 가능했다.

태현이 구성욱을 데리고 가서 '괜찮은 사람입니다'라고 말해주면 그것만으로도 친밀도가 꽤 오르는 것이다.

적어도 싫어하는 페널티는 사라질 게 분명했다.

구성욱은 레벨을 공짜로 올린 게 아니었다. 그는 타이럼 사냥꾼들이 태현을 대하는 걸 보고 알아차린 것이다.

'이놈…… 친밀도를 거의 끝까지 찍었구나!'

대체 어떻게 이 쪼잔하고 까다로운 놈들과 친해졌는지 신기했지만, 지금 중요한 건 그게 아니었다.

대가를 주고라도 저 대장장이와 친해져야 했다.

"대가요? 돈 없다고 하지 않으셨나?"

'아차!'

구성욱은 깜짝 놀랐다. 그가 했던 거짓말이 여기서 이렇게 되돌아오더니.

태현은 그걸 보고 피식 웃었다.

'역시 돈을 좀 더 숨기고 있었군.'

"아, 아니. 그게…… 길드원 분한테 부탁해서 돈을 받아오겠습니다."

"괜찮아요. 아까 받은 것도 있는데, 제가 돈 없는 사람한테 그렇게 돈 뜯어낼 만큼 나쁜 사람은 아닙니다."

구성욱은 안도의 한숨을 내쉬었다. 태현이 그래도 완전히 나쁜 사람은 아닌 것 같았다.

"대신 장비 좀 만지게 해주시죠."

"네?"

장비를 만지게 해달라.

그 말을 들은 구성욱은 겁에 질렸다.

태현이 장비를 들고서 도망칠 걸 걱정한 건 아니었다.

주는 것도 아니라 대장장이에게 맡기기 위해 밖에 꺼내놓은 장비를 가지고 도망칠 수는 없었으니까.

겁에 질린 건 다른 것 때문이었다.

'이, 이런 초보한테 내 장비를? 아무리 봐도 대장장이 기술 중급도 못 찍은 것 같은데……'

아까 스킬 설명을 듣는 걸 보니, 대장장이 기술 중급도 못 찍은 것 같았다.

대장장이 기술 초급을 끝까지 찍었다면 수리, 강화, 이런 기술을 미리 배웠을 테니까.

레벨이 낮으면 모를까, 구성욱 레벨은 이제 실력이 뛰어난 대장장이를 만나야 하는 레벨이었다.

레벨 낮은 대장장이가 잘못 건드렸다가는 장비 성능이 대폭 하락!

'안 돼!'

생각만 해도 끔찍했다.

"저, 저기…… 그냥 돈을……"

"아니, 돈은 됐습니다. 아까 받은 걸로도 충분해요."

'그냥 돈 좀 받아줘, 이 자식아!'

욕이 나오는 걸 구성욱은 간신히 참았다.

"다른 건 안 되겠습니까? 어…… 혹시 저희 길드에 들어오시는 건 어떻습니까? 제가 길드 마스터랑 친해서, 말하면 한 명 정도는 넣을 수 있습니다."

구성욱이 태현의 정체를 알았다면 이런 말은 결코 꺼내지 않았을 것이다.

무릎을 꿇으면서 제발 들어와 주세요! 해도 거절할 텐데, 무슨 선물이라도 주는 것처럼 저렇게 말하니 태현의 심술이 발동했다.

"아니, 그렇게 대단한 길드에 제가 어떻게 들어가겠어요? 게다가 인맥으로라니. 그쪽한테 피해가 가잖습니까. 제가 그렇게 상식이 없는 사람이 아니에요."

웃는 얼굴로 사람 괴롭히기!

태현이 가장 잘하는 것 중 하나였다.

예의 바르게 말하지만 결국 장비를 만지게 해달라는 거 아닌가. 구성욱은 속이 탔다.

그는 길드 채팅으로 말했다.

-여러분. 차가운 울음의 검 제조법 퀘스트 깨고 있는데…… 타이럼 친밀도 올리기가 힘들다고 말했잖습니까?

-그렇지.

-아직도 못 올렸어?

구성욱이 말하자 다른 길드원들이 대답했다.

그들도 구성욱이 어떤 상황인지 알고 있었다.

'하필이면 재수 없게 타이럼 사람들하고 친해져야 하냐?'

'그 인간들 진짜 짜증 나.'

-그런데 거기서 타이럼 사냥꾼들하고 친밀도를 최대로 찍은 사람을 찾았습니다.

-어? 진짜?

-그런 변태가 있어?

-어떻게 찍었대?

-아마 레벨 10이 되고서 떠난 게 아니라 그냥 여기서 계속 버틴 것 같아요.

-아. 그런 식으로 했구나.

-그래도 대단하네. 나 같으면 바로 떠났을 텐데. 왜 거기서 버티고 있었대?

-그건 저도 모르고…… 어쨌든 이 사람한테 절 타이럼 사냥꾼들에게 소개 좀 해달라고 부탁했거든요? 그런데 저한테 장비를 만지게 해달라네요.

-응?

-직업이 대장장이인 거 같아요. 뭐 방법이 없을까요? 길드에 초대해 준다고 해도 싫다고 하고, 돈도 싫다고 하고…….

-잘못 걸렸네.

-아, 필 씨.

필은 길드의 대장장이였다. 구성욱도 필의 신세를 많이 졌다. 뛰어난 생산 직업은 언제나 구하기 힘든 인재였다.

생산 직업에서 성격 더러운 사람이 많다는 말이 있었다.

워낙 노가다를 많이 해야 하는 데다가, 레벨이 높아지면 대우가 엄청나게 좋아지니 성격이 거만해지는 경우가 많았던 것이다.

그러나 필은 성격도 좋고, 능력도 좋았다. 길드의 모든 사람이 그를 좋아했다. 길드의 기둥이나 다름없었다.

-아마 그거 스킬 올리려고 하는 것 같아.

-스킬이요?

-어. 대장장이 기술 레벨 낮을 때는 고레벨 아이템을 수리하거나 만지는 것만으로도 스킬 레벨이 확확 오르거든.

태현이 노리는 게 바로 이거였다.

대장장이 기술 레벨을 빨리 올릴 수 있는 방법.

비교적 고레벨의 아이템을 만지는 것이었다.

물론 그 고레벨의 아이템은 낮은 기술 레벨로 만지면 망쳐질 확률이 높았지만…….

'어차피 내 거 아니니까!'

-욕심 좀 많은 대장장이 같은데. 어떻게 좀 설득 안 되겠어?

-뭐로 설득하죠?

-돈도 거절했지?

-네.

-아이템은 지금 네가 갖고 있는 게 없을 거고, 길드 다시 초대해 봐. 우리 길드에 레벨 높은 대장장이 있으니까 들어오면 직접 도와주겠다고 말해봐.

-네!?

-아니, 필. 그건 좀 심하지 않아? 네가 그렇게까지 해야 해?

-별로 시간 쓰는 것도 아닌데 뭘. 그냥 스킬 올리는 거 도와주고 제작법 몇 개 알려주는 거 정도야.

필은 아무렇지도 않게 말했지만, 이 정도면 누구나 탐내는 지원이었다.

선배 대장장이가 직접 몸으로 체험해서 알려주는 가이드라인.

-게다가 길드에 대장장이 더 있으면 좋잖아? 레벨 높은 대장장이는 구하기 힘드니까 일찍 잡아서 키우는 것도 나쁘지 않겠지. 타이럼에서 친밀도 높은 것도 좋고.

-으음…….

구성욱은 망설였다. 확실히 필의 말은 맞았다. 대장장이는 있으면 있을수록 좋았다.

그리고 레벨이 높은 대장장이는 다들 구하려고 난리였으니 현실적으로 새로 구하기는 힘들었다.

아예 길드에 넣고 지원을 해서 키우는 것도 나쁘지는 않을 것이다.

그렇지만…….

'얄미워!'

구성욱은 태현이 너무 얄미웠다. 이런 놈한테 그런 혜택을 줘야 한다니!

그도 길드에서는 성격 좋은 사람으로 통하지만, 태현은 무언가 많이 얄미웠다.

"후…… 저기요, 저희 길드에 고렙 대장장이 한 분 계신데, 그쪽이 들어오시면 직접 지도해 준다고 하시네요. 어때요?"

"싫은데요."

1초도 걸리지 않고 나오는 대답!

"……."

구성욱은 어이가 없어서 웃음도 나오지 않았다.

"아니, 왜요!? 진짜 있다니까!?"

"아, 누가 못 믿는데요? 길드 들어갈 생각 없어요. 장비 줄 거면 빨리 주고, 안 줄 거면 그냥 가세요."

뿌드득!

주먹이 운다.

오랜만에 그런 감정을 느꼈다. 구성욱은 길드 채팅으로 다시 말했다.

-거절하는데요.

-어떤 놈이야!?

-진정해. 상대가 좀 이상한 거 같다. 어쩔 수 없어. 장비 맡겨.

-네!? 진짜요!?

-너 아직 예전 장비 갖고 있잖아?

구성욱은 최근에 장비를 새로 맞췄다. 다행히 그 전 장비는 아직 팔지 않은 상태였다.

-그 예전 장비를 맡겨봐.

-그래도…….

지금 쓰고 있는 장비를 맡기는 것보다는 나았지만, 예전 장비도 꽤 비싸게 나가는 아이템이었다.

초보가 손을 대서 성능을 깎아먹는다는 생각만 해도 가슴이 아팠다.

-망가지면 내가 최대한 고쳐볼게. 지금 하는 퀘스트가 꽤 중요한 거잖아.

-그렇죠…….

-그러면 그 예전 장비 정도는 감수해야지. 어쩌겠어?

-맞는 말씀이에요. 필 씨. 제가 너무 욕심만 부렸네요.

-그런데 눈치채지는 못하겠지?

-에이. 레벨 낮아서 눈치 못 챌 거예요. 장비 겉모습도 별로 차이 안 나고요.

-그래. 잘해봐.

대화가 끝나고 구성욱이 걸어오자 태현은 하품을 했다.

"결정하셨어요?"

"여, 여기…… 정말 조심해서 다뤄주세요……."

"겁도 많으셔. 그 레벨은 어떻게 찍었어요? 알겠어요. 알겠어. 소중하게 다뤄줄게."

말은 그렇게 했지만 태현은 건성건성 잡고 있었다.

대충 모루 위에 장비를 던져놓는 시건방짐!

'이 자식이랑 PVP 한 번만 뜨게 해주면 소원이 없겠다!'

구성욱이 그런 생각을 하는 동안, 태현은 눈을 가늘게 떴다.

"이거…… 입고 있던 장비가 아닌 것 같은데?"

"네!? 아닙니다!"

구성욱은 지금 거의 벗고 있었다. 입고 있던 장비를 줬다고 말하기 위해서였다.

그러나 실제로는 바꿔치기를 했다.

장비를 벗고, 주는 척하면서 예전에 쓰던 장비를 꺼내서 태현에게 준 것이다.

상대가 입고 있는 장비는 상대가 알려주지 않는 한 겉모습만 볼 수 있었으니, 실제로는 파악하기 힘들었다.

하지만 태현은 판타지 온라인 1에서 대장장이.

이런 미묘한 차이 정도는 바로 알 수 있었다.

"에이. 장식도 바뀌고, 여기 무늬도 달라지고 했는데……. 이

거 사람을 너무 만만히 보시는 거 아닙니까?"

구성욱은 식은땀이 나는 걸 느꼈다. 어떻게 하지?

태현은 그걸 보더니 피식 웃었다.

"뭐, 이걸로도 충분하죠. 너무 긴장하지 마세요."

쥐었다가 폈다가. 태현은 능숙하게 구성욱을 갖고 놀았다.

구성욱은 안도의 한숨을 내쉬었다. 갑자기 태현이 착하게 보였다.

계속 못해주다가 한 번 잘해주면 긍정적으로 보이는 효과!

마치 불량배가 비 맞고 있는 고양이를 주워주면 왠지 착하게 보이는 것과 비슷했다.

'아이템 확인.'

붉은 이데르론 경갑: 내구력 220/240, 방어력 80.

스킬 '가속' 사용 가능.

스킬 '급속 회복' 사용 가능. 회피율 증가.

레벨 제한 70. 힘 제한 30. 민첩 제한 100.

이데르론 부족의 전사들이 즐겨 사용하는 경갑이다. 가볍고 우수한 방어구를 가진 이데르론 부족의 전사들은 언제나 공포의 대상이었다.

<아이템 등급: 희귀>

붉은 이데르론 장검: 내구력 105/110, 공격력 72.

스킬 '질풍참' 사용 가능.

검술 계열 스킬 사용 시 데미지 증가.

레벨 제한 65. 힘 제한 25. 민첩 제한 100.

이데르론 부족의 전사들이 즐겨 사용하는 장검이다. 날카롭고 강력한 무기를 가진 이데르론 부족의 전사들은 언제나 공포의 대상이었다.

<아이템 등급: 희귀>

'오. 꽤 괜찮은데?'

레벨 제한도 괜찮고, 등급도 희귀.

태현의 스킬을 올리기에는 딱 좋은 실험대였다.

이름을 보니 어디 이데르론 부족이 관련된 퀘스트를 깬 것 같았다.

'자, 뭐부터 해볼까?'

태현이 손바닥을 비비자 구성욱의 얼굴은 창백하게 변했다.

"제, 제발 조심해서……."

"알겠다니깐요."

가장 먼저 할 건 수리.

태현은 구렌달에게 받은 망치를 꺼내들었다. 초보 대장장이한테 주는 기본적인 아이템이었지만 스킬을 쓰려면 필요했다.

[붉은 이데르론 장검을 수리합니다.]

판타지 온라인 2에서 스킬은 그냥 발동하고 끝나는 게 아니었다.

수리를 하려면 직접 망치를 두드려야 했다.

그렇기 때문에 플레이어들 사이에서는 여러 말이 있었다.

-스킬 레벨이 낮더라도 정말 잘 두드리면 좋은 결과를 낼 수 있다!

이른바 '손맛'이라는 게 있다는 거였다.

물론 거기에 동의 안 하는 사람들도 있었다.

-그냥 스킬 레벨이 전부야. 무슨 손맛을 따져?

태현은 손맛이 있다고 생각했다. 스킬 레벨이 높더라도 아무렇게나 대충 건드리면 좋은 게 나오지 않았다.

정신을 집중해서 최대한 그럴듯하게 해야 했다.

땅, 땅, 땅!

맑은 소리가 울렸다. 그러나 옆에서 보는 구성욱의 얼굴은 점점 창백해질 뿐이었다.

태현이 너무 거칠고, 막 두드리는 것 같았기 때문이었다.

[붉은 이데르론 장검의 수리가 끝났습니다.]

[뛰어난 솜씨로 수리를 마쳤습니다. 대장장이 기술이 증가합니다.]

[수리가 증가합니다.]

[레벨 차이로 인한 효과를 받습니다.]

'됐다!'

태현이 노린 게 바로 이거였다.

레벨이 낮을 때 레벨이 높은 아이템을 만지면 빠르게 스킬이 오른다.

초급 대장장이 기술 8 (95%)

초급 수리 4 (25%)

대장장이 기술은 초급 단계여서 그런지 순식간에 올랐다.

10이 되면 중급으로 넘어가니, 이번에 넘어갈 수 있을 것이다.

태현은 장검, 갑옷뿐만 아니라 벨트, 부츠, 손목 보호대, 투구, 안에 입는 체인메일 셔츠, 그 안에 입는 속옷까지 달라고 했으니까.

한번 기회를 잡으면 절대 놓치지 않는, 대장장이계의 흡혈귀!

구성욱은 그가 한때 썼던 아이템들이 초보의 손에 파괴당하는 걸 보고 눈물이 날 것 같았다.

'크흑흑…….'

[붉은 이데르론 경갑의 수리가 끝났습니다.]

[뛰어난 솜씨로 수리를 마쳤습니다. 대장장이 기술이 증가합니다.]

[수리가 증가합니다.]

[레벨 차이로 인한 효과를 받습니다.]

[초급 대장장이 기술이 중급 대장장이 기술로 변합니다.]

[중급 대장장이 기술을 얻었습니다. 앞으로 모든 대장장이 관련 스킬에 추가치를 받습니다.]

[도시에서 대장장이로 전직할 수 있습니다.]

어떤 스킬이든 초급 단계는 쉽게 뚫을 수 있었다.

중급 단계부터는 슬슬 어려워지고…….

고급 단계는 말 그대로 1%, 1% 올리는 게 고통!

물론 지금은 그런 걸 걱정할 때가 아니었다.

태현은 신이 나서 홀린 것처럼 망치를 두드려댔다.

[대장장이 기술이 증가합니다.]

[수리가 증가합니다.]

[날카롭게 갈기가 증가합니다.]

[녹 없애기가 증가합니다.]

무시무시할 정도로 계속해서 오르는 스킬들!

태현은 결과물을 보지 않을 정도로 빠져들었다.

✽

“다 끝났습니까?”

구성욱의 눈은 왠지 모르게 조금 붉어진 것 같았다.

“혹시 우셨어요?”

“네? 아, 안 울었습니다!”

태현은 다 큰 남자가 울려고 하는 걸 보자 마음이 약해졌다. 원래 그는 약해 보이는 사람한테 약했다.

강한 사람한테는 강하게, 약한 사람한테는 약하게.

그게 태현의 신조였다.

물론 약해 보여도 마음에 안 들면 절대 봐주는 게 없었지만.

“그래도 크게 실수 안 했습니다. 수리도 파손 메시지 한 번도 안 떴으니까 손해 볼 건 없을 거예요.”

“네…….”

구성욱은 시무룩한 얼굴로 장비를 받았다.

과연 얼마나 망가져 있을까?

‘으, 차마 못 보겠다.’

구성욱은 장비를 그냥 아이템창에 집어넣었다. 길드의 대장장이 필한테 가져가서 부탁할 생각이었다.

"그러면 제가 소개해드릴 테니 같이 돌아다니죠!"

"네……."

"기운 좀 내시고요!"

"네……."

구성욱을 소개하는 건 오래 걸리지 않았다.

구렌달에게 찾아가서 '이 사람 괜찮은 사람이에요'라고 말하고, 어거스트에게도 찾아가서 똑같이 말했다.

물론 어거스트는 듣자마자 콧바람을 내뿜었지만.

"흥. 여기가 싫다고 다른 곳으로 간 놈이잖나?"

타이럼 사냥꾼의 막사에 가보면, 그들의 좌우명이 벽에 걸려 있었다.

-원한은 절대 잊지 않는다!

처음 봤을 때는 나름 멋있다고 생각했었다.

원한을 절대 잊지 않는 사냥꾼들. 무언가 폼이 나지 않는가.

그러나 그 생각은 곧 바뀌었다.

타이럼 사냥꾼들은 그냥 쪼잔한 놈들이었다.

자기들의 도시가 안 좋다고 떠난 놈들을 절대 잊지 않는 게 쪼잔한 게 아니라면 뭐겠는가.

"그건 어쩔 수 없는 사정이 있었다고 합니다. 사실 이 친구가 다른 왕국에 늙은 어머니와 아내가 있는데, 결혼해 놓고 제대로 챙겨주는 건 없이 자기 혼자 돌아다니니 집안에서 구박을 많이 들었답니다. 그래서 어쩔 수 없이 다른 곳으로 가서 일할 수밖에 없었던 거고요."

1초도 걸리지 않고 술술 나오는 거짓말!

구성욱은 입을 벌리고 태현을 쳐다보았다.

NPC도 사람. 그럴듯한 거짓말에는 속아 넘어갈 수밖에 없었다.

게다가 그 상대가 친밀도를 최대까지 찍은 태현이라면 더더욱.

[행운이 발동합니다.]

"……?"

[어거스트가 당신의 말을 완전히 믿습니다.]

[화술 스킬이 올라갑니다.]

화술. NPC들을 상대할 때 더 많은 걸 얻어내거나, 비밀 정보를 얻을 수 있는 스킬이었다.

보통 상인 같은 직업들이 많이 올리는 기본 스킬.

어거스트의 표정은 한결 풀려 있었다.

"흠. 그런 거였나? 그러면 어쩔 수 없군."

'그걸 믿냐!?'

"알겠네. 그러면 반성의 의미로 밖에 가서 토끼 열 마리를 잡아오게나. 그걸로 잊어주도록 하지."

"……!"

<속죄의 토끼잡이>

타이럼 사냥꾼들은 원한을 잊지 않는다.

그들은 한 번 도시를 버리고 떠난 당신을 매우 싫어한다.

하지만 관대하고 아량 넘치는 어거스트는 당신에게 기회를 주기로 했다.

토끼: 0/10

보상: 타이럼 사냥꾼들과의 관계 회복

구성욱은 뛸 듯이 기뻐했다. 아까의 시무룩한 표정이 거짓말 같았다.

"들었습니까!?"

"어. 그런데……."

"토끼 열 마리라니!"

초보자 때나 무서운 상대였지, 이제 토끼는 눈을 감고 때려도 잡을 수 있었다.

이건 거의 거저먹는 스킬 아닌가.

구성욱은 태현의 손을 잡고 흔들어댔다.

"정말 감사합니다!"

태현과 여러 일이 많았지만 그래도 끝이 좋게 났다. 구성욱은 태현에게 쌓였던 악감정을 잊기로 했다.

"아니, 그게……."

"그러면 전 토끼를 잡으러 가보겠습니다!"

신이 나서 달려가는 구성욱의 뒤로, 태현은 작게 중얼거렸다.

"그 토끼는 내가 다 잡았는데……."

지금 도시 밖 필드에는 토끼가 없었다. 태현의 학살 때문이었다.

그 말을 들은 어거스트가 피식 웃었다.

"내가 그렇게 쉽게 용서해 줄 줄 알았나?"

'와, 진짜…….'

태현도 원한을 잊지 않는 편이었지만, 타이럼 사냥꾼들은 정말 대단했다.

"언제 중급 대장장이 기술을 익혔나!?"

구렌달에게 배움을 요청하려고 가자, 구렌달이 깜짝 놀랐다.

뭔가 이상하다는 걸 느낀 태현은 바로 자세를 낮췄다.

"스승님의 지도 덕분 아니겠습니까?"

"아니, 이건 자네 재능 때문이야. 그 단검을 만들었을 때부터 알아봤어야 했는데……."

구렌달은 말끝을 흐리면서 태현에게 은근한 눈빛을 보냈다.

<희귀 직업-비전 대장장이 전직 퀘스트>

비전을 이어받은 대장장이 구렌달은……

'아. 진짜 이 도시를 빨리 뜨든가 해야지.'

만나는 NPC마다 전직하라고 제안을 해오니 귀찮아 죽을 것 같았다.

"중급 대장장이 기술을 배운 사람이라면 더 이상 내 밑에서 배울 게 없지."

"예? 그게 무슨 말씀이십니까! 전 아직 더 배울 게 많습니다!"

구렌달은 최소 고급 대장장이 기술 이상을 갖고 있었다. 충분히 더 가르쳐줄 수 있었다.

[더 이상 배울 스킬이 없습니다.]

[더 이상 배우려면 구렌달의 제자가 되어야 하거나 전직이 필요합니다.]

치사한 세상!

전직을 하지 않으면 더 고급 스킬을 배울 수 없었다.

'에이…….'

태현은 입맛을 다셨다. 대장장이가 끌리기는 했지만, 판타지 온라인 1에서 충분히 즐겼다.

처음 마음먹었던 대로.

'끝까지 백수로 간다!'

그러는 동안 구렌달은 주섬주섬 무언가를 꺼내고 있었다.

"자네가 벌써 떠날 때가 되니 마음이 아프군그래. 자네는 다른 곳에 가서도 잘할 거야. 이름을 알리면 내 밑에서 배웠다고 해주겠나?"

"물론입니다. 스승님!"

"자. 이걸 받게. 선물이야."

[새내기 대장장이를 위한 도구 세트를 받았습니다.]

망치, 모루, 끌 등 대장장이 기술을 사용하기 위한 아이템들이 들어 있는 세트!

보아하니 구렌달이 대장장이 직업이 없는 태현이 쓸 수 있도록 직접 만들어준 것 같았다.

"스승님!"

스승의 은혜를 여기서 느끼게 되다니. 절로 허리가 굽어졌다.

역시 가장 좋은 스승은 떠날 때 선물을 주는 스승 아니겠는가!

"자네가 대장장이로 일하지 않으면 쓰지 못할 장비들이 있을 거야. 그래서 이걸 선물하는 걸세. 전용 장비보다는 못하지만 쓸 만할 걸세."

실제로 레벨이 높아지면 대장장이 직업 제한이 걸린 아이템들이 있었다.

친밀도를 높였기에 구렌달의 선물을 받을 수 있었다.

"자, 그리도 이것도 받게."

"……!"

선물이 아직도 안 끝났다고?

태현은 순간 구렌달 밑에서 비전 대장장이로 전직해야 하나 고민했다.

이렇게 친절한 마음을 가진 NPC라니!

[강화석(10)을 받았습니다.]

"강화는 아직 자네 실력에 조금 이른 것 같지만, 자네 같은 재능이라면 충분히 할 수 있겠지. 마법 아이템 제작이나 속성 아이템 제작은 못해도 강화는 할 수 있으니 열심히 노력해 보게. 강화도 하면 할수록 느니까."

마법 아이템, 속성 아이템.

모두 다 대장장이의 밥줄 중 하나였다.

검을 휘두를 때마다 마법이 나간다면?

물론 그러기 위해서는 많은 재료와 뛰어난 대장장이, 그리고 가장 많은 노오오오력이 필요했지만, 일단 완성만 되면 누구나 갖고 싶어 했다.

물론 대장장이로 전직하지 않는 태현에게는 그림의 떡이었다.

"하지만 주의하게. 강화에 너무 빠지지 않도록. 내 친구 중 하나는 강화에 너무 빠졌다가 결국 재산을 날려 버리고 자살했지. 내 다른 친구는 다른 사람의 장비를 강화하다 실패해서 암살당했고……."

"……."

무언가 오싹한 이야기였다.

'이거 왜 말해주는 거야?'

제작진들의 의도가 의심됐다.

물론 저런 말을 한다고 하더라도 사람들은 강화를 할 것이다.

그게 욕망이고, 그게 사람이었으니까.

복잡한 마법 아이템 제작과 달리 강화석으로 있는 아이템의 성능을 올리는 쾌감!

"아. 이것도 받게."

'아직도!?'

마치 산타 할아버지처럼 끝없이 선물을 주는 구렌달!

[차가운 울음의 검 제작법을 배웠습니다.]

[현재 레벨이 낮아서 제대로 만들 수 없습니다.]

"내가 예전에 한 대장장이한테서 받은 제작법이었는데, 재료가 많고 만드는 방법이 까다로워서 직접 만들어본 적은 없네. 그렇지만 자네라면 언젠가 만들 기회가 생기겠지?"

태현의 눈빛이 반짝였다. 이런 식으로 주는 제작법은 결코 흔한 게 아니었다.

갖고 있으면 일단 절대 손해는 안 보는 제작법!

"감사합니다!"

"그래. 그래. 나한테 더 배울 게 없다고 하더라도 자주 찾아오게."

태현은 다음에 올 때 '푹 끓인 토끼고기 수프'이라도 들고 와야겠다고 생각했다.

타이럼 사냥꾼들은 하도 많이 먹어서 그릇만 들고 와도 도망치지만, 구렌달은 아니었으니까.

CHAPTER 6

태현은 구렌달과의 대화를 끝낸 다음 바로 도시 밖으로 향했다.

이유는 하나였다.

'토끼 안 나왔나?'

자기가 일시적으로 멸종시켜 놓고서도 끝까지 포기하지 않는 집념!

개발자들이 보면 욕이 나올 정도의 집념이었다.

내일 세상이 무너져도 나는 행운 5를 또 올리겠다!

그러나 물론 토끼는 없었다. 한 번 사라진 이상 다시 나타나기까지 시간은 좀 걸렸다.

"다른 거 하면서 기다려야 하나?"

"오빠……가 아니라, 형! 형!"

"음?"

익숙한 목소리에 태현이 뒤를 돌아보았다.

"우리 친구 추가 안 했어요!"

헉헉거리며 지수가 달려왔다. 그녀는 태현처럼 계속 접속해 있지 못했다.

그래도 나름 최대한 빨리, 급하게 들어왔다.

물론 태현과 같이 퀘스트를 깨고 싶어서였다.

처음에 타이럼 시로 떨어졌을 때에는 세상에 무슨 이런 도시가 다 있냐고 우울했었지만, 이제는 생각이 바뀌었다.

다른 플레이어들은 얻지도 못할 행운을 얻었으니까.

그리고 이 모든 게 태현 덕분이었다.

같이 게임을 할 생각을 하니 신이 나서, 친구들도 버려두고 들어왔는데…….

'친구 등록을 안 했잖아!?'

그걸 잊고 있었던 것이다.

"친구 추가?"

"네! 지금 하죠!"

"어…… 꼭 해야 해?"

"네!?"

지수는 정말로 충격받았다는 표정으로 태현을 쳐다보았다.

"저랑 친구 하기 싫어요!?"

"아니…… 싫은 건 아닌데……. 네가 좀……."

예쁘장하게 생긴 미소년이 자꾸 형, 형 하면서 눈빛을 반짝거리니까 슬슬 불안해졌다.

'얘 진짜 그런 취향인 건 아니겠지?'

지수는 시무룩해져서 고개를 떨궜다. 그걸 보자 또 태현은 마음이 약해졌다.

"야. 야. 알겠어. 친구 하면 되잖아!"

활짝!

지수는 웃으면서 고개를 끄덕였다.

"형은 솔플하는 거 같은데, 그러면 제가 처음으로 친구인 거죠?"

"어? 아니. 친구 있는데?"

"네?"

지수는 배신감 가득한 눈빛으로 태현을 쳐다보았다.

"아니…… 나도 친구 있을 수 있지. 현실 친구 있잖아. 친구는 게임 밖에도 있어!"

"아……."

지수는 아쉬웠지만 무슨 소리인지는 이해했다. 그녀도 친구는 있었으니까.

"오늘도 토끼 잡으실 거예요?"

"아니. 토끼는 한동안 안 나와."

"네? 왜요?"

"내가 하도 많이 잡아서."

"……."

"이제 슬슬 레벨 업도 하고 장비도 맞춰야 하기는 하겠어. 기본적인 스킬은 다 잡아놨으니……."

타이럼 시에서 우연히 좋은 것들을 많이 얻었다.

그렇지만 역시 이 안에서 계속 있을 수는 없었다.

더 좋은 장비, 더 좋은 스킬을 얻기 위해서는 돌아다니면서 퀘스트를 깨고 새로운 던전에 들어가야 했다.

"그러면 저랑 같이 가요!"

"응? 왜?"

"……저랑 같이 가기 싫어요?"

"아니, 그런 뜻이 아니라, 뭐 퀘스트라도 있냐고."

"아아. 네! 물론이죠!"

지수는 재빠르게 퀘스트창을 켰다.

<오크를 토벌하라>

잘츠 왕국은 소국이지만 강하다. 산악 지대에서 오랫동안 버텨 온 잘츠 왕국의 전력을 무시하는 사람은 없다.

그러나 최근 골치 아픈 문제가 생겼다.

떠돌이 오크 부족이 아덴 요새 근처에 나타난 것이다.
국경을 지키는 것은 타이럼 레인저의 가장 중요한 임무.
요새로 가 상황을 확인하고 병사들을 도와라.
보상: ???

"이거 직업 퀘스트잖아?"

태현은 보자마자 알 수 있었다. 이건 타이럼 레인저여야만 받을 수 있는 퀘스트였다.

"어? 그러면 같이 못 하나요?"

"아니…… 도와줄 수야 있겠지만……."

태현은 말하고 잠시 멈췄다. 생각해 보니 그는 어차피 전직할 생각이 없었다.

그렇다면 다른 직업의 직업 전용 퀘스트를 같이 깨도 별 상관이 없었다.

보상은 아마 타이럼 레인저만큼 받지 못하겠지만, 손해는 안 볼 테니까.

"그러면 같이 가볼까?"

"네!"

지수는 신이 나서 씩씩하게 대답했다.

"그전에 장비 좀 줘볼래?"

"네? 여기요. 장비는 왜요?"

지수는 아무 의심도 없이 바로 장비를 벗어서 건넸다.

태현은 어이없다는 목소리로 말했다.

"그런 질문은 주기 전에 해라. 그리고 아이템을 주면 어떻게 해? 대장장이한테 맡기듯이 꺼내놓기만 해."

"아. 그런 소리였나요."

현재 지수의 장비는 던전에서 얻은 것보다 더 좋아져 있었다.

어거스트에게 선물로 받은 것이다.

태현은 타이럼 사냥꾼이나 타이럼 레인저로 전직을 하지 않았지만, 지수는 타이럼 레인저로 전직을 한 상태.

어거스트는 오크 토벌 퀘스트를 주면서 지수에게 장비를 선물해 줬다.

예전에 보면 못마땅하다는 표정을 지었던 것과는 하늘과 땅 차이!

태현이 갑옷과 화살촉을 만지는 동안 지수가 물었다.

"역시 희귀 등급이나 영웅 등급의 아이템들이 훨씬 더 성능이 좋겠죠?"

"음? 그렇겠지. 그건 왜?"

"아뇨. 갑자기 생각이 나서요. 언젠가 희귀 등급이나 영웅 등급의 아이템을 얻을 수 있으면 좋겠다고 생각했어요."

지금 태현의 가방 안에는 둘 다 있었다. 둘 다 단검이었지만.

"지금 레벨로는 조금 힘들지 않을까? 희귀는 몰라도 영웅 아이템은 워낙 구하기 힘드니까……. 지금도 거래 사이트 가보면 낮은 레벨 영웅 아이템도 꽤나 비싸다고."

"돈 주고 사는 건 별로 안 끌리네요."

"……?"

태현은 지수를 쳐다보았다.

"돈이 없니? 하긴, 아직 어리니까……."

"그, 그게 아니거든요! 살 돈은 충분히 있어요. 그렇지만 역시 게임 안에서 직접 노력해서 얻는 게 가장 기분 좋으니까……."

태현의 생각과도 비슷했다. 태현은 기특하다는 듯이 지수의 머리를 쓰다듬었다.

"좋은 소리를 하잖아? 그보다 살 돈이 충분히 있다니. 너 비싼 아이템 얼마나 하는지 알지? 몇천만 원 넘는 것도 꽤 있어."

태현의 말을 들은 지수는 작게 중얼거렸다.

"몇천만 원 정도야 별로 큰돈도……."

"뭐라고?"

"아, 아무것도 아니에요."

태현을 못 믿는 건 아니었지만, 그녀가 유성 그룹의 외동딸이라는 건 꺼내기가 힘들었다.

이제까지 말했을 때 태도가 안 바뀐 사람이 없었으니까.

게다가 태현은 그녀를 남자로 알고 있지 않은가!

"자. 갑옷 다 됐다. 갖고 가."

"감사합니다."

타이럼 사냥꾼의 경갑: 내구력 70/70. 방어력 28.

이동 속도 5% 증가.

힘 제한 5, 민첩 제한 10

타이럼 사냥꾼이 쓰는 가벼운 갑옷. 산에서도 재빠르게 움직일 수 있도록 가볍게 만들었다. 타이럼 사냥꾼의 장비를 하고 있으면 타이럼 시민들에게 환영받을 것이다.

*뛰어난 대장장이의 녹 없애기 스킬로 능력치가 추가됩니다.

-방어력 50% 증가, 회피율 50% 증가, 행운 50 증가.

스킬 '낙법' 사용 가능.

"……?"

녹 없애기 스킬로 능력치가 추가되었다. 생각지도 못한 능력치에 지수는 놀라서 눈을 크게 떴다.

"이, 이거 뭐예요?"

"뭐가?"

태현은 창을 확인 안 하고 돌려줬다. 그래서 지수가 왜 놀라는지 이해를 하지 못했다.

"능력치가 올랐잖아요!"

"너 대장장이 스킬 하나도 모르냐? 녹 없애기 스킬이잖아.

방어구 일시적으로 성능 올려주는 스킬."

"이게 그렇게 대단한 스킬이었어요!?"

지수는 놀랄 수밖에 없었다.

아무리 봐도 증가한 수치가 너무 높았으니까.

"대장장이로 전직한 거 아니죠?"

"안 했어."

"그런데 이렇게 올라가요?"

"아니 뭐 얼마나 올라갔다고 그래?"

태현은 이해가 가지 않았다.

지금 스킬 레벨을 생각했을 때, 기껏해야 방어력 한 3~4 정도 올라갔을 것이다.

'확인.'

"……!"

♣

태현이 놀라는 동안, 다른 사람도 놀라고 있었다.

바로 구성욱이었다.

"저주받아라! 타이럼 사냥꾼들!"

그는 토끼를 잡아오라는 말을 듣고 신이 나서 달려갔다.

그리고 다시 깨닫게 되었다.

그가 왜 타이럼을 떠났는지.

'이 진짜 쪼잔하고 더러운 놈들……!'

토끼가 없다는 걸 알고 토끼를 잡아오라고 시킨 게 분명했다.

'아니, 근데 분명 며칠 전만 해도 여기 보이던 토끼가 다 어디 간 거야?'

이 주변 토끼는 유명했다. 끈질기게 계속 나와서 초보자들을 괴롭히는 걸로.

구성욱도 경험해 본 일이었다.

그런데 이놈들이 한 놈도 안 보이다니. 대체 누가 이것들을 다 잡은 걸까?

"아오…… 일단 길드 좀 갔다 와야겠다."

구성욱은 땅이 꺼져라 한숨을 쉬었다.

그래도 상황이 최악은 아니었다.

토끼가 아예 안 나오는 것은 아닐 테니까. 기다리다 보면 뭐 언젠가 다시 나오기 시작할 것이다.

하지만 계속 기다리기는 뭐하니 일단 길드로 돌아갔다가 다시 올 생각이었다.

태현이 만진 장비도 다시 맡기고.

"어휴. 어휴. 어휴. 진짜…… 타이럼은 와서 좋았던 적이 하나도 없다니까."

"진정해. 지금은 짜증이 나더라도 나중에 퀘스트 보상을 받으면 화가 풀릴 거야."

"감사합니다. 필 씨."

필은 드워프였다.

처음부터 대장장이를 하겠다고 마음먹은 플레이어가 고르는 종족!

물론 드워프를 고르고 다른 직업을 하는 사람들도 있었다.

그렇지만 거의 대부분 대장장이를 했다. 그만큼 드워프라는 종족 특성이 대장장이에게 좋았던 것이다.

그러나 태현은 1에서도 2에서도 인간을 골랐다.

"종족 특성으로 이익 볼 생각은 조금도 없다!"

스스로 가시밭길을 골라가는 변태같이 굳은 의지!

"그래. 초보자가 얼마나 만졌는지 보자고."

"네. 흑흑."

구성욱은 태현이 만진 장비들을 꺼냈다.

그래도 자기가 한때 잘 썼던 장비들이 망가졌다고 생각하니 마음이 아팠다.

필은 장비를 받더니 창을 켰다.

그리고 그대로 굳어버렸다.

"이, 이, 이건……."

"그렇게 심각해요?"

"그게 아니라……."

"그보다 훨씬 더 심각해요!?"

"아니, 그런 뜻이 아니라……!"

"필 씨도 못 만질 정도로 심각하다는 뜻이에요!?"

"아, 말 좀 하게 기다려, 이 자식아!"

"헉. 죄송합니다."

그 성격 좋은 필이 화를 냈다. 구성욱은 그대로 작아졌다.

"직접 보는 게 낫겠다. 봐봐."

아이템의 총 내구력은 오히려 올라갔다.

혹시 몰라서 방어력이나 공격력을 봤지만 더 내려가지 않았다.

거기에 일시적으로 붙은 효과.

<녹 없애기>와 <날카롭게 갈기> 스킬로 인해 붙은 효과가 있었다.

레벨 낮은 대장장이는 스킬을 써봤자 아주 조금 올라갔고, 시간도 오래 가지 않았다.

그러나 태현이 해준 스킬은 아직까지 효과가 지속되고 있었다.

-공격력 +50%, 치명타율 +10%, 행운 +35.

공격력이 +5나 +10이 아닌, 무려 %비율로 올라가는 사기적인 효과!

거기에 치명타율이나 행운 같은 평소에는 볼 수도 없는 스탯들이 붙어 있었다.

"이게 대체 무슨!?"

"이걸 초보자가 해줬다고? 너 지금 나랑 장난치는 거 아니지?"

"하늘에 맹세코 진짜 초보자였어요! 타이럼에서 계속 있던 초보자! 딱 봐도 레벨 30도 안 된 거 같았는데!"

"그런 놈이 이런 걸 했다고!?"

필은 심각한 표정을 지었다.

구성욱이 이런 걸로 거짓말을 할 사람은 아니었다.

그렇다면 정말로 이걸 초보 대장장이가 했단 말인가?

"이게 대체 어떻게 된 일이죠?"

"네 말이 사실이라면…… 아마 그놈은 희귀 직업, 아니다. 이 정도면 희귀 직업으로도 모자라. 영웅 직업으로 전직을 한 게 분명해. 대장장이 계열 영웅 직업."

영웅 직업!

이름만 들어도 가슴이 뛰는 단어였다.

구성욱은 희귀 직업인 쌍검술사로 전직했는데 엄청난 이익을 보고 있었다.

그런데 영웅 직업이라니.

그것도 대장장이 계열!

"낮은 레벨에서 볼 수 없는 버프 효과. 거기에 치명타율이나 행운 같은 건 원래 무기 강화 스킬에서 잘 보이지 않는 효과잖아."

"그렇죠."

"그렇다면 분명 직업 전용 스킬일 거야. 치명타율을 부여해 주거나 행운을 부여해 주거나."

"오오오……!"

둘은 완전히 헛다리를 짚고 있었다.

직업 전용 스킬도, 영웅 직업도 아니었다.

그냥 어마어마하게 높은 행운 때문이었다.

그러나 둘은 그 사실을 알 수 없는 상황.

"그런데 그렇게 대단한 직업이면 왜 제 무기를 달라고 한 걸까요? 이 정도라면 돈을 받아도 될 정도인데!"

"음. 일단 내 생각이 맞다면, 레벨이 낮은 건 확실한 거 같아. 레벨이 낮을 때 고레벨 장비를 만지면 스킬 레벨이 팍팍 오르니까. 아마 네가 레벨이 높아 보이니까, 네 장비를 만져서 빠르게 스킬 레벨을 올리려고 한 거겠지. 돈을 안 받은 건 아마 초보자라서 자기의 가치를 잘 몰라서일 거고."

"자기의 가치를 잘 모른다고요?"

"판타지 온라인 2를 하는 모든 사람이 다 똑똑하게 플레이 하는 건 아니잖아. 어쩌다가 운이 좋아서 영웅 직업으로 전직 했다고 해도 초보자 같은 경우는 이럴 거라고. '어? 나 영웅 직업으로 전직했네? 뭐하지? 일단 타이럼에서 전직했으니 여기서 계속 레벨 업 해봐야지' 이렇게. 초보자들은 자기 직업이나 스킬이 얼마나 좋은 건지 파악하기 힘들단 말이야. 파악을 했으면 벌써 다른 왕국으로 가서 길드 들어갔겠지. 타이럼 같은 곳에 계속 있다는 게 그 증거야."

"그렇군요!"

"자기 직업이나 스킬이 그렇게 좋은 건지 모르니까, 너한테 돈을 받아도 모자란 상황에서 그냥 그런 스킬을 써준 걸 거야. 자기 스킬 레벨 올리려고."

"그렇…… 어?"

구성욱은 뭔가 이상하다는 걸 느꼈다.

태현은 그렇게 순진한 사람 같지 않았던 것이다.

대화하는 것만 보면 사채업자라고 해도 놀랍지 않을 수준!

험악한 인상에 절대 양보하지 않는 굳은 마음.

이런 사람이 호구…… 아니, 초보자라고?

이상하긴 했지만 필의 말은 그럴듯했다. 그래서 구성욱은 그가 착각한 것이라고 생각했다.

"당장 데리고 올까요?"

말하고서 구성욱은 아차 싶었다.

지금 길드의 대장장이는 필. 그리고 그도 영웅 직업은 아니었다.

그런데 그한테 묻지도 않고 당장 데리고 온다고 하다니.

자칫 필이 서운함을 느낄 수도 있었다. 게다가 필 정도면 데리고 가려는 길드들이 많았다.

그렇지만 다행히 필은 별로 신경 쓰는 것 같지 않았다.

"당연히 데리고 와야지."

역시 대인배!

길드에서 가장 성격 좋은 사람이라는 말이 허명이 아니었다.

"대장장이 계열 영웅 직업이면 부르는 게 값이야. 무조건 데리고 와. 어떻게든 데리고 오면 그다음부터는 내가 설득할 테니까."

좋은 장비 제공, 레벨 업 하기 위한 사냥터와 파티원 제공, 장비를 만들 때 쓸 재료를 제공해 주는 건 물론이고, 스킬이나 제작법까지 도와준다.

초보자라면 순식간에 흔들릴 수밖에 없었다.

"그런데 저번에 거절했는데 이걸로 될까요?"

"더 확실하게 말해야겠지. 팍팍 질러. 월급도 줄 수 있다고 해."

"월급이요!?"

"줄 수 있지 않아? 길드에 있는 골드 환전하면 되잖아. 우리가 골드 못 버는 길드도 아니고."

판타지 온라인 2는 기존의 게임이 갖고 있는 인기를 훨씬 뛰어넘는 인기를 갖고 있었다.

그야말로 전 세계에서 동시에 즐기는 게임!

실제로 필도 외국인이었다.

게임 내 아이템을 현금으로 비싸게 살 수 있듯이, 게임 내 골드도 현금으로 살 수 있었다.

"그 정도까지 해야 해요?"

"얘가 아직도 상황 파악을 못하네. 너 영웅 직업 대장장이가 얼마나 좋은 건지 모르지? 나도 희귀 직업이야. 영웅 직업 대장장이가 레벨만 더 올려봐. 나중에 가서 다른 길드 무조건 들어가게 된다. 그러면 우리만 손해야. 그때 가서 보면 우리 배가 얼마나 아프겠어? 무조건 잡아!"

"알겠습니다. 최선을 다하겠습니다!"

그러나 돌아갔을 때 태현은 이미 타이럼을 떠난 상태였다.

"아오!!"

"거 참 신기하네. 행운 때문인가?"

판타지 온라인 1에서 대장장이로 계속 플레이했던 태현이었다.

그런 그도 이런 현상은 신기했다.

스킬 레벨과 맞지 않는 대단한 효과가 부여되다니.

아이템을 만들 때도 일정 확률로 엄청나게 좋은 아이템이 나왔다.

그렇다면 스킬도 마찬가지가 아닐까?

행운을 태현만큼 올린 사람이 없어서 참고할 곳이 없었다.

'하긴, 행운을 이천 넘게 찍었는데 이 정도는 해줘야 보람이 있지.'

태현이 일부러 어렵고 약한 캐릭터를 골라서 키운다지만, 그래도 최소한의 장점은 있어야 했다.

장점이 없는 캐릭터가 세상에 어디 있겠는가?

덜커덩, 덜커덩!

"으으. 이거 너무 흔들리네요."

지수가 멀미가 난다는 표정으로 밖을 쳐다보았다.

그들은 지금 마차 안에 있었다.

다른 플레이어들은 레벨 10이 되면 바로 탄다는 바로 그 마차.

보통은 에랑스 왕국으로 갔다. 에랑스 왕국은 잘츠 왕국보다 훨씬 더 큰 왕국으로, 온갖 시설들과 NPC들이 있었다.

마탑도 있고 제작 길드도 다양하게 있으니 속 좁은 사냥꾼들만 우글거리는 잘츠 왕국보다는 훨씬 좋은 환경!

"지금 가는 요새가 어디라고?"

"에랑스 왕국이랑 오스턴 왕국 국경 쪽이요."

지수는 판타지 온라인 2 매니아 사이트에서 관련 정보를 찾아보았다.

오스턴 왕국은 잘츠 왕국의 남쪽에 있는 왕국.

그렇지만 지금은 고렙 정도만 거기에 들어갔다. 초보자들은 아예 시작을 할 수가 없었다.

안에서 내전이 벌어진 것이다.

판타지 온라인 2는 인공지능으로 실제 세계처럼 돌아가는 세상.

전쟁이 일어나고, 왕이 바뀌고, 왕국이 사라지거나 생기는 일은 충분히 일어날 수 있었다.

이런 대규모 이벤트는 언제나 플레이어에게 좋은 기회였다.

귀족에게 붙어서 전투를 승리로 이끈다면 귀족에게 보상을 받을 수 있었다.

상인 같은 경우에는 거기로 가서 비싸게 물건을 팔 수 있었다.

그도 아니라면 그 주변을 돌면서 버려진 아이템들을 주울 수도 있었다.

저런 식의 전쟁은 퀘스트들을 산더미처럼 주는, 아주 좋은 기회였지만…….

'지금은 무리지?'

태현은 아쉬웠지만 오스턴 왕국으로 갈 생각은 포기했다.

거기 끼어봤자 좋을 게 없었으니까.

전쟁은 레벨 100 안팎인 NPC들이 팍팍 튀어나오는 곳이었다.

왕국 안에서 벌어지는 일이니 당연히 기사들도 나올 것이고.

그런 곳에 태현이나 지수가 갔다가는 뭘 하기도 전에 죽을 가능성이 높았다.

'나중에 또 기회가 생기겠지.'

어쨌든 오스턴 왕국은 현재 마비 상태였다.

덕분에 떠돌이 오크 부족들은 우르르 몰려와서 국경 주변을 점령했다.

그리고 이제 그 여파가 잘츠 왕국이나 에랑스 왕국까지 미치게 된 것이다.

설명을 들은 태현이 고개를 갸웃거렸다.

"그러면 에랑스 왕국 쪽에서도 퀘스트 받은 사람 있겠는데?"

"네?"

"장소도 국경 근처고, 오크들이 에랑스 왕국도 침범했으면 에랑스 왕국 쪽으로도 퀘스트 몇 개 나왔을 거 아냐."

"아. 그러네요."

"경쟁 퀘스트 같은 걸 하게 될지도 모르겠네."

시간제한이 없는 퀘스트와 달리, 가장 먼저 한 사람이 깨면 끝나는 퀘스트!

이런 오크 토벌은 그럴 가능성이 높았다.

"열어줘요! 열어줘!"

"우리 오크 토벌하러 왔다니까!"

"아니, 오크 토벌하러 왔는데 안 열어주는 게 말이나 돼!?"

"너 밤길 조심해라!"

"……?"

마차 안에서 들리는 시끄러운 소리.

고개를 내미니 저 멀리 요새가 보였다. 그리고 요새 앞에 모인 플레이어들도.

"뭐죠?"

"글쎄?"

요새는 작았지만 아주 단단해 보였다. 돌을 쌓아올린 성벽에, 위에 서 있는 병사들도 꽤나 레벨이 높아 보였다.

게다가 앞에는 목책과 해자가 있었고.

괜히 국경에 있는 요새가 아니었다.

"시끄럽군. 공격 준비!"

요새 성벽 위에 서 있는 NPC 하나가 입을 열었다. 복장을 보니 지휘관 같았다.

"물러서지 않으면 공격하겠다!"

"……!"

병사들이 일제히 활을 꺼내 아래를 겨냥했다.

그 모습을 본 플레이어들은 기겁해서 물러섰다.

"뭐, 뭐야?"

"와, 진짜…… 잘츠 왕국 장난 아니다!"

"무슨 일입니까?"

태현은 마차에서 내리며 물었다. 다른 사람들은 화난 얼굴로 요새를 가리키며 외쳤다.

"저 인간들이 문을 안 열어줍니다!"

"안 열어준다고요? 그게 무슨 소리죠?"

"그쪽은 여기에 무슨 일로 왔는데요?"

"오크 토벌 때문에요."

"저희도 마찬가지입니다. 그런데 저 인간들이 외부인이라고 요새에 못 들어가게 해요. 아니, 토벌 퀘스트인데 어떻게 파티 하나로 깹니까? 세력에 들어가야지!"

말이 오크 부족이지, 숫자만 본다면 파티 하나로 깨기는 힘든 퀘스트였다.

보통 이런 퀘스트는 다른 왕국의 병사들과 힘을 합쳐서 깨는 것이었다.

그런데 잘츠 왕국 요새는 단호하게 접근을 거절했다.

"왜 이런 거죠?"

"글쎄, 설마……."

태현은 짐작 가는 바가 있어서 다가갔다.

그러자 요새에서 소리가 들렸다.

"아, 타이럼 사냥꾼인가? 들어오게!"

"……."

잘츠 왕국의 사람은 환영하지만, 다른 왕국의 사람은 받아들이지 않는다!

"아니, 잘츠 왕국의 요새니까 말이야 되는데…… 여기 좀 너무 치사한 거 아니야?"

태현도 어이없어 할 정도!

오크 토벌을 위해 플레이어가 왔으면 도와주기 위해 요새 안으로 들어가게 해줘야지.

그래야 요새 안에서 도움도 받고, 회복도 하고, 장비도 사고 팔고 할 거 아닌가.

병사들과 같이 움직이기도 하고.

들어가려다가 거절당한 다른 플레이어들은 태현과 지수가 들어가는 걸 보고 발끈해서 외쳤다.

"아니, 저 둘은 왜 들여보내 주는 겁니까?"

"타이럼 사냥꾼이잖아."

"……?"

이해를 하지 못한 플레이어들은 서로를 쳐다보았다.

'직업을 말해야 들여보내 주는 건가?'

그렇다면 직업을 말해보자!

"나는 견습 기사에요! 에랑스 견습 기사!"

"나도 방패 전사인데?"

"저는 데메르 여신을 믿는 사제……."

우수수 나오는 직업들. 그러나 요새의 지휘관은 냉정했다.

"그래. 그리고 에랑스에서 온 놈들이잖아. 우리 요새는 잘츠 왕국의 요새다! 다른 놈들은 안 받아줘!"

"뭐 이런!?"

현실성의 극대화!

잘츠 왕국에서 온 플레이어가 아니라면 잘츠 왕국의 요새에 들어갈 수 없었다.

친밀도를 쌓아야 들어갈 수 있었지만, 지금 상황에서 그걸 쌓는 건 무리.

"뭐라는 거야! 지금 오크들이 적 아냐!?"

"당신 미쳤어!?"

아무리 플레이어들이 난리를 쳐도 지휘관과 병사들은 냉정했다.

그걸 빨리 깨달은 건 자기가 사제라고 밝힌 여자 플레이어였다.

"저기, 저기요!"

"……?"

요새의 문 사이로 들어가려던 태현과 지수는 멈칫했다.

"저희 좀 도와주세요!"

"뭘요?"

지수가 물었다. 그러나 태현은 손을 뻗었다.

너는 말하지 말라는 뜻!

"이때는 뭘요라고 묻는 게 아니야."

"……?"

"왜요지. 왜요?"

내가 널 왜 도와줘야 하냐?

좋은 게 있으면 결코 공짜로 나눠주지 마라!

듣자마자 태현이 '왜요'라고 묻자 다른 플레이어들은 당황스러운 표정을 지었다.

"어…… 같이 오크를 잡으러 왔으니까요?"

"바보야. 그걸 묻는 게 아니잖아!"

여사제가 눈치가 빠른 것 같았다.

"왜 그래?"

"들어오게 해줄 테니까 대가를 내란 거잖아."

"뭐? 저 요새 들어가게 해주는 거 가지고?"

"그러면 지금 저 요새 들어갈 수 있어? 도움 안 받고?"

생각해 보니 그녀의 말이 맞았다.

겨우 요새 하나 먼저 들어간 거 가지고 대가를 요구하는 게 어이가 없었지만, 세상에는 공짜가 없었다.

요새의 NPC들과도 친한 것도 일종의 힘!

"돈 주면 되지 않을까?"

다른 파티원이 중얼거렸지만 여사제는 무시하고 태현에게 물었다.

"가만히 있어 봐. 내가 말해볼 테니까. 저기요! 뭘 원하세요?"

"거기 사제 있죠?"

"네? 네. 제가 사제예요. 데메르 여신 사제요."

"퀘스트 깰 때 도움 좀 받을 수 있습니까?"

사람들이 괜히 파티를 만드는 게 아니었다.

가장 좋은 조합은 균형 잡힌 조합!

그 조합 중에서 사제는 언제나 많이 찾는 직업이었다.

파티원들을 회복시켜 주고 축복으로 버프해 줄 수 있는 직업을 누가 싫어하겠는가.

"도움이요? 어……."

여사제, 최하영은 무의식적으로 고개를 돌렸다. 혼자 내릴 수 있는 결정이 아니었다. 같이 온 파티원들이 있었던 것이다.

"파티장님이 결정하죠?"

"파티장이 결정하면 따를게요."

파티원들은 의외로 반대하지 않았다. 요새에 들어가는 건 공짜가 아니라는 걸 깨달은 것이다.

이 파티의 파티장은 최하영이었다.

사제는 구하기 힘든 귀중한 인재니 파티장을 맡아도 아무도 불만을 가지지 않았다.

그렇지만 마음대로 결정을 내려도 되는 건 아니었다.

최하영은 중갑을 입고 있는 남자를 보며 물었다. 그녀의 남동생인 최하준이었다.

"어떻게 할까?"

"그냥 골드 같은 거 주면 안 돼? 우리도 퀘스트 있는데 괜히 도와주다가 발목 잡힐 수도 있잖아."

동생의 말을 들은 최하영은 고개를 끄덕이고 외쳤다.

"골드는 어때요? 골드 드릴게요."

물론 태현에게는 가당치도 않은 소리!

"아니, 누가 골드 달랬어요? 사제로 도와줄 거 아니면 됐어요."

태현과 지수가 바로 요새 안으로 들어갈 것 같자 다급해진 건 그들이었다.

오크 토벌 퀘스트를 받고 여기까지 왔지만, 이 주변에는 보급할 곳이 마땅치 않았다.

이 요새로 들어가지 못한다면 계속 돌아다니면서 언제 나올지 모르는 오크들과 싸워야 했다.

"아, 아니에요! 도와줄게요! 요새 안으로 들여보내 주세요!"

"그렇게 나오셔야지."

지수가 태현의 옆구리를 살짝 찌르며 물었다.

"꼭 도움을 받아야 해요?"

"왜? 도움받기 싫어? 나 혼자면 몰라도 너 퀘스트 깨려면 도움 좀 필요할 텐데."

"아니…… 그런 건 아닌데요……."

지수는 우물거렸다.

태현과 둘이서 잘 놀았는데, 새로운 사람들과 같이 움직여야 한다는 게 조금 꺼려지긴 했다.

실제로 그녀는 처음에 너무 못 싸운다고 파티 몇 개에서 쫓겨난 경험이 있었다.

"걱정 마. 필요할 때만 도와달라고 하는 거고. 저쪽이랑 계속 같이 다니지는 않을 테니까. 우리 퀘스트가 쟤네 퀘스트랑 아예 안 겹칠 수도 있고."

지수는 고개를 끄덕였다.

"저기 저 사람들, 우리 일행인데 들여보내 주실 수 있습니까?"

병사는 그 말을 듣더니 고개를 끄덕였다.

[병사를 설득하는 데 성공합니다.]

[화술이 오릅니다.]

밖에 있던 플레이어들은 태현의 말 한 마디에 병사들이 문을 열어주는 걸 보고 입을 벌렸다.

"말 하나 했다고?"

"진짜 여기 뭐야?"

잘츠 왕국의 쪼잔함은 그들의 상식을 벗어나 있었다.

그래도 일단 요새 안으로 들어왔다. 최하영은 태현에게 고맙다고 말했다.

"고마워요. 덕분에 들어왔네요."

"사제로 도와주기로 했으니 따로 고마워할 필요는 없습니다."

"저, 그거 말인데. 그냥 골드로는 안 됩니까?"

최하준이 대화에 끼어들었다. 중갑을 입은 모습에 태현은 생각했다.

'성기사인가?'

"일단 들어오니까 생각이 달라지죠?"

최하준의 얼굴이 살짝 붉어졌다.

"그런 게 아니라……."

"그보다 그쪽도 레벨이 그렇게 높은 것 같지는 않은데, 골드가 그렇게 넘쳐납니까?"

파티원 중 하나가 어깨를 으쓱거리며 말했다.

"여기 파티장이 돈이 좀 많아."

"돈이 좀 많다고?"

"현질 있잖아. 현질."

최하영이 눈살을 찌푸리자 최하준이 손을 흔들면서 말했다.

"쓸데없는 소리 하지 마십시오."

"아, 현질한 건가. 골드야 많겠군."

"아닙니다. 그냥 농담한 겁니다."

그러나 태현은 끝내지 않았다. 태현은 궁금해져서 물었다.

"얼마나 돈이 많은데?"

"듣고 놀라지나 말라고. 집에 빌딩이 두 채나 있다나 봐."

"그만하라니까! 별거 아닙니다."

파티원이 자꾸 말하자 최하준이 성질을 냈다. 그러자 파티원도 찔끔해서 입을 다물었다.

별거 아니라고 말하지만 최하준의 얼굴에서는 자부심이 보였다.

내가 이만큼이나 잘 산다는 자부심.

'별거 아닙니다'라고 말했지만 정말로 그렇게 생각하지는 않았다.

그냥 예의상 말하는 대사!

그러나 태현과 지수는 진심으로 받아들였다.

"정말 별거 아니었네."

"그러게요."

"……?"

그들에게는 정말로 별거 아니었던 것이다.

태현은 요새 안으로 들어온 파티에게서 정보를 얻을 수 있었다.

에랑스 왕국 내에서도 퀘스트가 나온 모양이었다.

-국경 주변에 나타난 오크들을 처리하라!

왕국과 친밀도를 올리거나, 왕국 내에서 무언가 자리를 얻으려는 플레이어들은 이 퀘스트를 노릴 것이다.

'시간이 지나면 더 몰려오겠네.'

가능하면 빨리 깨는 게 좋을 것 같았다.

저 파티원들은 사제에 성기사에 전사, 마법사. 균형 잡힌 조합.

"그런데 두 분은 직업이 어떻게 되세요? 궁수에, 어…… 전사?"

지수는 태현을 빤히 쳐다보았다.

'백수라고 말해요?'

'미쳤냐? 당연히 안 되지.'

말하는 순간 같이 다니는 건 끝!

"도적 계열입니다. 얘는 궁수 계열이고."

"두 명이서 다니기 안 힘들어요?"

"얘가 영웅 직업이라서요."

순식간에 바뀌는 눈빛!

희귀 직업도 나름 대접받는데, 영웅 직업이라면 보는 눈빛이 달랐다.

"그쪽도 영웅 직업이에요?"

"영웅 직업 아닙니다."

"일반 직업?"

"일반 직업 아닙니다."

"아, 희귀 직업인가 보군요."

영웅 직업도 아니고, 일반 직업도 아니고, 전설 직업도 아니니 남은 건 희귀 직업!

사실 전직을 아직 안 한 상태였지만.

'영웅 직업에 희귀 직업이라 둘이서 다니는 거였구나.'

그렇다면 실력은 믿을 만한 수준!

"오크 부족을 정찰하러 간다! 따라올 모험가 있나!"

요새 안에서 백부장이 크게 소리쳤다. 참가하려면 참가하라는 뜻이었다.

"따라가죠!"

파티 혼자서 하는 것보다는 병사들과 같이 움직이는 게 지름길이었다.

"다 모였나? 출발한다!"

백부장이 칼을 휘두르자 병사들은 질서정연하게 움직이기 시작했다.

"잠시 휴식!"

병사들을 따라걷던 플레이어들은 지휘관의 소리에 멈췄다.

“오크는 언제 나오는 거야?”

“몰라. 나올 때 되면 나오겠지.”

“좀 적게 나왔으면 좋겠다.”

“에이, 난이도 어련히 알아서 맞췄을까.”

파티원들이 떠드는 동안, 태현은 병사들에게 접근했다.

“저기…….”

“……?”

“갑옷과 창을 좀 손봐드리고 싶은데, 괜찮겠습니까?”

절대로 기회를 놓치지 않는 눈!

아이템을 만질 수 있는 기회가 생기면 무조건 잡아야 했다.

최하영은 어이가 없다는 듯이 태현을 쳐다보았다.

분명 도적 계열 직업이라고 하지 않았나?

“갑옷과 창을 손봐준다고요?”

[병사가 기뻐합니다.]

[백부장이 기뻐합니다.]

[만약 장비가 손상된다면 친밀도가 하락할 수 있습니다.]

태현이 잘츠 왕국에서 시작해서 그런지, 병사들은 의심하지 않고 좋아했다.

“여기 있습니다.”

"저도 해주시죠!"

"제 것도 해주세요!"

쏟아지는 일감들. 태현은 거절하지 않고 전부 다 받았다. 입꼬리는 이미 올라간 상태!

'대박이다!'

요새의 병사들은 딱 봐도 레벨이 꽤 높아 보였다. 이들의 장비를 다 만질 수 있다면 스킬 상승은 약속된 것이나 다름없었다.

물론 아무나 할 수 있는 게 아니었다.

잘못 만졌다가 장비를 망가뜨린다면 친밀도 하락은 물론, 잘못하면 여기서 쫓겨날 수도 있었다.

세상에 공짜는 없는 법!

그러나 태현은 자신이 있었다. 어떻게든 크게 망치지는 않을 것이다.

[잘츠 왕국 정예병의 창을 날카롭게 가는데 성공합니다. 추가적으로 친밀도가 증가합니다.]

[잘츠 왕국 정예병의 갑옷의 녹을 없애는 데 성공합니다. 추가적으로 친밀도가 증가합니다.]

[대장장이 기술이 상승합니다.]

"오오! 정말 대단하군요!"

"감사합니다!"

순식간에 화색이 도는 병사들.

그걸 본 다른 사람들이 웅성거렸다.

"도적 계열 직업인데 저런 게 가능해?"

"저 정도 장비면 스킬 레벨 좀 높아야 만질 수 있지 않아?"

병사들의 반응을 보니 성공적으로 장비를 만진 게 분명했다.

그렇다면 대장장이 기술 스킬이 꽤 높다는 의미.

그런데 태현은 스스로가 도적 계열 직업이라고 했다.

"저기…… 도적 계열 직업이라고 하지 않으셨어요?"

최하영이 묻자 태현은 고개를 끄덕였다.

"도적 계열 직업인데요."

"그런데 대장장이 기술 쓰셨잖아요?"

"도적 계열 직업이라고 못 쓰는 건 아니잖아요?"

표정 하나 변하지 않고 우기기.

태현은 조금도 흔들리지 않고 말했다.

판타지 온라인 2의 직업은 많고 많았다. 대장장이 기술을 따로 갖고 있는 도적 계열 직업이 있어도 놀랍지 않았다.

'대장장이 도적' 같은 직업 말이다.

물론 태현은 아니었지만, 당당하게 말한다면 상대방은 알아서 그렇게 생각할 것이다. 그리고 그 예상은 맞아떨어졌다.

"도적인데 대장장이 기술도 있다고?"

"그게 무슨 직업이지? 별로 안 알려진 희귀 직업 같은데?"

"특이하네. 대장장이 기술하고 도적이랑 섞인 건가. 꽤 좋은 직업 같은데."

"저기 병사들 반응 보면 대장장이 기술도 레벨 꽤 높은 거 같고."

그들이 떠드는 사이 백부장이 외쳤다.

"오크들의 흔적을 발견했다! 정찰에 나설 자원자 있나!"

[돌발 퀘스트가 진행됩니다.]

"저요! 저희가 하겠습니다!"

당연히 해야 하는 퀘스트. 최하준은 나서서 손을 들었다.

이런 소규모 돌발 퀘스트는 무조건 해야 했다.

큰 퀘스트를 깨는 데 도움도 되고, 보상도 따로 받는 일석이조의 퀘스트였으니까.

"에랑스 왕국 놈들치고는 용감하군! 그래. 좋다! 오크 놈들을 찾은 다음 놈들의 머리를 10개 가져오도록!"

지시를 하면서 빼놓지 않고 다른 왕국의 욕을 하는 백부장이었다.

그래도 퀘스트는 간단했다.

<오크 부족의 움직임을 파악해라>

백부장은 뛰어난 실력을 가진 자원자를 찾는다. 임무를 맡아서 성공할 경우 보상과 함께 요새 내에서 좋은 평가를 받을 수 있을 것이다.

오크의 머리: 0/10

보상: 요새 병사들과의 친밀도 증가

최하준과 다른 사람들은 한 파티 소속이어서 퀘스트가 같이 받아졌다.

그에 비해 태현과 지수는 따로 신청을 해야 했다.

'오크 머리 10개 잘라오면 되는 건가? 무난한 퀘스트군.'

"저희도 하겠습니다."

"오, 너희도?"

[행운이 발동됩니다.]

[희귀 퀘스트가 진행됩니다.]

"……?"

태현이 당황하기도 전에, 백부장이 입을 열었다.

"이 근처에 오크 부족이 있는 게 분명하다. 오크 부족의 근거지를 찾은 다음 시설을 파괴하고, 놈들을 몰아낸 뒤에 부족장의 머리를 가지고 돌아오도록!"

쉬지도 않고 쏟아지는 지시사항!

게다가 결코 만만한 내용이 아니었다.

저쪽 파티는 그냥 오크 몇 마리 잡으면 되는 일인데, 태현은 아예 오크 부족 하나와 통째로 싸워야 하는 것 아닌가.

'아니, 이런 미친……?'

태현은 당황해서 백부장을 쳐다보았다. 지금 이게 뭐하는 짓이야? 그러나 백부장의 표정은 단호했다.

"자네를 믿네!"

"아니, 백부장님! 이건 둘이서 할 게……!"

<희귀 퀘스트-오크 부족을 섬멸해라>

백부장은 어째서인지는 모르지만 당신의 실력을 신뢰하게 됐다. 그는 당신이 혼자서 오크 부족을 상대할 수 있다고 생각한다. 그의 신뢰를 배반할 경우 요새의 사람들은 많이 실망할 것이다.

보상: ???

태현이 거절하기도 전에 퀘스트가 떨어져 버렸다.

'망했다……!'

희귀 퀘스트라니. 이유는 하나밖에 없었다.

높은 행운이 이렇게 작용을 한 것이었다.

퀘스트도 일정 확률로 비밀 퀘스트가 주어지거나 하고는

했다. 그리고 그 비밀 퀘스트는 정말 좋은 보상을 숨기고 있는 경우가 대부분이었다. 이런 비밀 퀘스트와 조건을 찾는 사람들도 따로 있을 정도였다.

다른 사람들은 찾지 못해서 안달인 희귀 퀘스트를, 태현은 행운으로 덜컥 받은 것이다.

"뭐, 뭐예요?"

"……이거 일이 좀 꼬인 거 같은데."

여기서 거절했다가는 앞으로 움직일 때 꽤 많이 귀찮아질 것 같았다.

"어? 두 분은 다른 퀘스트 받았어요?"

"우와. 잘츠 왕국이라서 그런가? 부럽다."

태현의 속도 모르고, 다른 사람들은 태현을 부러워했다.

일단 겉으로 보기에는 특별한 퀘스트였으니까.

게다가 그들은 태현이 받은 내용을 듣지 못했다.

'부럽기는 무슨.'

태현은 머리를 긁적였다.

이건 둘이서 깰 만한 퀘스트가 아니었다.

그렇다고 바로 딱 거절하기도 애매했다.

거절했다가는 친밀도가 내려갈 게 뻔히 보였으니까.

'어떻게 한다…….'

퀘스트에 실패하더라도 노력을 했다는 걸 보여줘야 친밀도가 덜 내려갈 것이다.

"일단 움직이죠?"

최하준이 말했다.

오크를 잡아 오라는 퀘스트를 받은 이상, 여기서 기다릴 이유가 없었다.

"그러죠. 가기 전에 장비 맡기실 분?"

스킬 레벨을 올릴 기회는 절대로 놓치지 않는 철저함!

태현의 말에 사람들은 서로를 쳐다보았다.

"실력은 확실하지?"

"그러게. 병사들도 좋아하니까……. 실력은 괜찮은 거 같아."

"여기 있습니다."

싸우기 전에 버프를 받는다면 거절할 이유가 없었다.

"저는 됐습니다."

"아. 저도요."

최하준과 최하영은 거절했다.

여기 오는 파티를 맺기 전에 그들은 신전의 대장장이와 재봉사한테 장비를 맡긴 것이다.

아무리 태현이 실력이 좋더라도 레벨이 있는데, 신전의 기술자보다는 못하겠지.

땅, 땅, 땅!

태현은 숙련된 손놀림으로 장비를 만졌다.

보는 사람들도 감탄할 정도로 익숙한 손놀림!
동작만 보면 무슨 대장장이 기술 스킬을 마스터한 것 같았다.
판타지 온라인 1에서부터 대장장이 기술을 파온 경험은 어디 가지 않았다.

[날카롭게 갈기 스킬이 놀라운 확률로 성공합니다! 스킬 레벨이 오릅니다!]
[대장장이 기술 스킬이 오릅니다!]
[장비에 영구적인 행운이 부여됩니다!]

"어?"
갑자기 뜨는 창.
태현은 당황했다. 아니, 왜 여기서 이런 게 떠?
날카롭게 갈기 스킬은 싸우기 전에 일시적인 버프를 걸어주는 스킬이었다.
대장장이도 파티에 들어가서 싸울 수 있는 스킬 중 하나.
그런데 이건…… 효과가 너무 좋았다.
"헉, 왜 그러세요?"
"장비 망가진 거 아니야?"
"장비 망가졌어요!?"
장비를 맡긴 전사, 테드가 당황해서 태현을 쳐다보았다.

기껏 믿고 맡겼는데, 장비의 성능이 내려간다면 그것만큼 어이없는 일도 없었다.

'괜히 믿었나? 처음 보는 사람을……'

"아니. 망가진 건 아닙니다."

태현은 갑옷을 다시 돌려주었다. 테드는 갑옷을 받고서 의심스러운 눈으로 창을 켰다.

"……!!"

총 내구도 상승.

일시적인 스탯 상승은 물론이었고…….

영구적인 행운이 부여!

"이, 이게 뭐야?"

"왜? 망가졌어?"

"아냐! 장비 성능을 보라고!"

그와 같이 파티에 들어온 친구는 창을 보더니 눈이 커졌다.

"저, 저도 해주세요!"

"나도!"

순식간에 적극적으로 변한 사람들!

그 모습을 최하준과 최하영은 황당하다는 듯이 쳐다보았다.

'도적이라며??'

대체 뭔 직업인데 저런 스킬을 갖고 있는 건지 알 수 없었다.

'대장장이 아냐?'

'아니, 근데 그러면 대장장이라고 말했겠지. 싸우면 바로 걸릴 거짓말을 뭐하러 해?'

'그건 그래…….'

둘이 소곤거리는 동안 파티원들은 몰리고 있었다.

공짜로 장비의 성능을 올릴 수 있는 기회!

"이거 날카롭게 갈기 스킬이에요?"

파티원들 중 한 명은 대장장이 스킬을 조금 아는 것 같았다.

그러나 바로 쏟아지는 구박!

"멍청아. 날카롭게 갈기 스킬이 이런 효과가 나오겠냐? 이건 분명 직업 전용 스킬이야. 그런 걸 물어보면 어떻게 해! 이분이 공짜로 그걸 알려줘야겠어?"

순식간에 '이 사람'에서 '이분'으로 호칭 상승!

공짜로 장비의 성능이 올라가게 된 테드는 기분이 좋아서 싱글벙글대고 있었다. 그러나 태현은 속이 쓰렸다.

'아니…… 이런 효과가 있었으면 뭐라도 좀 받고 해줄 거 그랬나…….'

원래 잘하는 걸 남한테 공짜로 해주면 속이 쓰린 이기적인 성격!

이미 때는 놓쳤으니, 대장장이 기술 스킬을 올리는 것으로 만족할 수밖에 없었다.

나중에는 이런 스킬도 대가를 받고 해줄 수 있겠지.

[날카롭게 닦기 스킬이 성공합니다.]

[날카롭게 닦기 스킬이 성공합니다.]

[날카롭게 갈기 스킬이 놀라운 확률로 성공합니다! 스킬 레벨이 오릅니다!]

"어? 저는 안 되는데……."

"나는 떴어!"

파티원들은 태현의 스킬이 어떤 식으로 돌아가는지 몰라서 의아해했다.

"이게 무조건 되는 게 아니라 일정 확률로 되는 겁니다."

"……!"

"저, 저희도 이거 버프 끝나면 다시 해주실 수 있으신가요?"

"그때 봐서요."

파티를 모은 최하준과 최하영은 순식간에 소외됐다.

성기사에 사제 조합이라고 다들 떠받들어 줄 때는 언제고…….

최하준은 울컥하는 걸 느꼈다.

'이런 치사한 인간들!'

"원래 그런 스킬이었어요!?"

"아니. 나도 몰랐어. 병사들 장비 만져주면서 스킬 레벨 올라서 효과가 발동한 거 같아."

"아아……!"

태현과 지수는 소곤거리면서 파티원들과 같이 움직였다.

최하영 파티의 파티원들의 눈빛은 부담스러울 정도로 반짝였다.

"다음에 꼭 제 장비도!"

실력 좋은 대장장이한테 장비를 업그레이드 받을 수 있는 기회는 쉽게 오는 게 아니었다.

"취익, 취익! 인간들, 인간들이다!"

"취익, 잡아라!"

저 멀리, 언덕 위에서 나타난 오크들!

"오크들이다!"

"모두 제 쪽으로 모이세요."

전투 시작 전에 가장 빛나는 건 언제나 사제!

최하영의 말에 파티원들은 우르르 몰렸다.

파티에 들어가 있지는 않았지만 태현은 지수의 등을 떠밀었다.

-대지의 기도!

은은한 빛이 파티원들을 스치고 사라졌다.

전체적인 스탯을 올려주는 버프.

최하영은 약속했던 대로, 파티에 들어와 있지 않은 지수와 태현에게도 버프를 걸어주었다.

“제가 앞장서겠습니다! 준현 씨는 마법 준비해 주세요!”

최하준은 방패를 들고 달려나갔다.

성기사의 방어력은 직업 중에서도 순위권에 드는 방어력.

사제의 지원을 받으면서 방패를 들고 달려가니 정말 든든하고 믿음직스러웠다.

파티의 마법사, 준현은 마법을 준비하기 시작했다. 하지만 레벨이 비교적 낮아서 그런지 준비하는데 시간이 좀 걸렸다.

그래도 준비만 되면 위력은 다른 직업들과 비교가 되지 않는 위력!

그사이 가장 단단한 성기사가 사제의 지원을 받으면서 맨 앞에 선다.

몬스터의 공격을 가장 많이 받아내는 것이다.

그 뒤에는 전사 같은 직업들이 서서 몬스터를 공격하고, 빠져나오는 몬스터들을 막는다. 가장 뒤에는 사제나 마법사 같은 방어력이 낮은 직업들이 선다.

가장 중요하고 가장 죽기 쉬웠기에 보호를 받는 것이다.

그야말로 모범적인 파티 사냥의 진형!

태현은 휘파람을 불었다.

여기 있는 사람들은 판타지 온라인 2에서 파티 플레이를 몇 번 해본 것 같았다.

꽤 빠른 움직임이었다.

“넌 여기 있어라.”

“어? 오…… 형은요?”

“나는 원래 혼자 싸우는 스타일이거든.”

“뭐, 뭐합니까!”

최하준은 방패를 세우고 언덕 위에서 몰려드는 오크들을 쳐다보고 있었다.

그런데 누군가가 옆에서 빠르게 뛰쳐나갔다.

태현이었다.

“아니! 도적이라고 그렇게 하면 바로 죽어요! 당장 돌아와요!”

도적이라고 모든 공격을 다 피할 수 있는 건 아니었다.

빠르게 움직이고 회피 스킬을 쓴다고 해도 몬스터들이 많으면 금세 포위당했다. 그다음은 죽음뿐!

판타지 온라인에는 ‘다구리 앞에 장사 없다’라는 역사 깊은 명언이 있었다.

그래서 도적이라도 이런 식의 파티 플레이 때에는 성기사나 전사 뒤에 있었다.

대기하고 있다가 틈이 나면 바로 달려들어서 폭딜!

이런 식이 보통의 도적이었다.

그러나…….

"취익, 인간! 죽어라, 취익!"

[회피에 성공했습니다.]

[회피에 성공했습니다.]

[회피에 성공했습니다.]

[회피에 성공했습니다.]

파도처럼 밀려오는 공격들. 언덕 위로 온 오크들은 대충 봐도 20~30마리쯤 되는 것 같았다. 그런 놈들이 태현에게 한 대씩 휘두르니 보통 많은 게 아니었다.

"……?"

언덕 아래의 파티원들이 당황할 때, 태현은 스킬을 썼다.

-행운의 일격!

[앞면이 나왔습니다. 15초 동안 공격력이 2배로 증가합니다. 스킬의 쿨타임이 사라집니다.]

-행운의 일격!

[앞면이 나왔습니다. 15초 동안 공격력이 4배로 증가합니다.

스킬의 쿨타임이 사라집니다.]

-행운의 일격!

[뒷면이 나왔습니다!]

-스킬, 우기기!

[우기기 스킬로 다시 굴립니다.]

실패한 행운 굴림을 다시 굴릴 수 있는, 사기에 가까운 스킬! 이름만 빼면 완벽에 가까운 스킬이었다.

[앞면이 나왔습니다. 15초 동안 공격력이 8배로 증가합니다. 스킬의 쿨타임이 사라집니다.]

[행운의 일격 스킬 레벨이 오릅니다.]

그야말로 행운 관련 스킬의 총집합 콤보. 연계를 하니 그 효과가 무시무시했다. 태현은 스킬 버프를 끝내고 달려들었다. 오크들의 숫자가 많아 봤자 판타지 온라인 1에서 최강자였던 태현의 눈에는 기어다니는 굼벵이 수준!

[치명타가 터졌습니다!]

[치명타가 터졌습니다!]

[치명타가 터졌습니다!]

한 번 칼을 휘두를 때마다 그대로 터져 나가는 오크들!

말 그대로 학살이었다.

"뭐, 뭐야? 우리랑 비슷한 레벨 아니었어?"

긴장한 채로 밑에서 대기하고 있던 최하준과 파티원들은 어리둥절했다. 분명 장비나 겉모습을 봤을 때는 50도 안 되는 낮은 레벨이었는데?

그러나 지금 오크들을 학살하는 걸 보니 레벨이 한 70~80은 되는 것 같았다.

그것도 스킬도 안 쓰고 평타로만!

'아. 범위 공격 있었으면 좋겠다.'

태현은 그렇게 생각하며 오크의 공격을 피했다.

한 대 맞더라도 회피할 자신이 있었지만, 행운에만 의존하는 건 좋지 않았다.

행운은 언제 뒤통수를 칠지 몰랐으니까!

재수 없이 천문학적인 확률로 공격을 맞게 된다면 태현은 당장 목숨이 위험해졌다.

[남은 오크들이 겁에 질립니다.]

[오크들이 도망칩니다.]

[스탯: 공포가 활성화됩니다.]

<공포-적을 겁에 질리게 할 수 있는 능력. 높으면 적의 공포에 면역이 생깁니다.>

추가로 생기는 스탯 중 하나였다. 스탯은 뭐든 있으면 좋았다.

게다가 공포 스탯 같은 경우는 나중에 보스 몬스터를 상대할 때 좋았다.

보스 몬스터 중에는 공포로 몸을 굳게 만드는 놈들도 있었으니까.

공포 스탯이 높으면 이럴 때 버틸 수 있었다.

"잠깐만요! 우리랑 비슷한 레벨 아니었어요?"

전투가 끝나고 최하영이 달려와서 물었다. 태현은 대답 대신 지수를 쳐다보며 말했다.

"내가 레벨을 말했었나?"

"안 말했었죠."

"그렇다는데요?"

말이야 맞는 말이었다. 태현은 레벨이 어떻다는 소리는 한 마디도 하지 않았으니까.

"아니…… 그런데 왜 도와달라고 한 거예요?"

"저야 안 맞을 자신이 있는데 얘는 방어력이 좀 약해서요."

태현은 지수를 가리켰다. 지수는 고개를 푹 숙였다.

한 마디로 짐!

'아, 그래서…….'

최하영은 생각을 고쳤다.

태현과 지수는 같은 레벨의 플레이어가 아닌 것 같았다.

태현은 레벨이 더 높은 도적인데, 도적으로는 낮은 레벨을 데리고 다니면서 레벨을 올려주기 까다로웠다.

성기사는 공격을 대신 맞아줄 수 있었고, 사제는 치료를 해줄 수 있었지만, 도적은 둘 다 아니었으니까.

'그래서 도와달라고 한 거구나. 대장장이 스킬은 레벨이 높으니까 그런 거고.'

멋대로 납득!

일단은 그렇게 생각해야 이해가 가능했으니까.

"음, 그러면 파티에 들어오셔야 할 것 같은데요. 혼자서 다 사냥하시면 저희가 경험치를 못 받아요."

To Be Continued